# 明日灭亡

RUIN OF TOMORROW

三 部 曲

张草◆著

# 明日灭亡②

## 地球觉醒

# RUIN OF TOMORROW

## AWAKENING OF THE EARTH

九州出版社
JIUZHOUPRESS

总序

# 蝙蝠的文章

小时候听过蝙蝠的故事，留下很深的印象。

故事这么说：蝙蝠跟鸟交朋友，他自认长得跟鸟一样，鸟儿却不以为然，说他没羽毛，又鼠头鼠脑的，应该跟老鼠交朋友才是。蝙蝠去找老鼠，老鼠也不认他是同类，因为老鼠没有翅膀。

待我到中国台湾留学的时候，终于深深感受到蝙蝠的心情。大学的同班同学对我会开口讲华语感到很惊讶："你的中文怎么这么好？"在他们的印象中，马来西亚在东南亚，华人的中文也不应该好到哪里去。

当他们知道我竟然在写小说的时候，就更为惊奇了。还有一位同学很不服气，又不明白我身为一介华侨，来自他印象中蛮荒之地，怎么可能在台湾写小说写到能出书？他自负才华比我高，却没这本事？当然，这些都是二十年前的往事，时至今日，在台湾出书的马来西亚人已不罕见。

我是马来西亚华裔，生长于马来西亚，由于先贤的努力和争取，我们仍然有机会学习自己的语言，有华商维持的华文小学，政府的国立中学也有华文课，也有华人创办的“独立中学”以华语教学，我们更自小阅读华文报章，国营电视台也有每天半小时的华文新闻。所以，我们华人会说写华语当然不足为奇。

由于我们生长于多元种族的社会，因此一般在校内都会“三语”并学，亦即学习作为国语的马来文、国际语的英文，还有自己本族的华文。而每个华人子弟，多少也会听会讲一些周遭常听到的方言，如我祖籍广东，但本地客家人多，母方又是祖籍福建，所以这三种方言，我都会一些。

但无论如何，我的成长轨迹都与我在台湾的大学同学不同，因为我毕竟不是在中华文化的发源地长大的。我仰慕中国历史文化，却仿佛总是站在远处观察，因此感觉到中文对我而言不只是母语，而是一种迫切的使命。所以，我对与中华文化有关的事物，都会饥渴地去吸收，永远只怕知道得不够多。

但是，身处中华文化环境中的年轻人，又未必懂得珍惜他周遭随手可得的资料，反而去仰慕与我们完全不同基因的西洋文化，导致中文奇幻小说曾经有一段时间充满了精灵、矮人、巨人、巫师、骑士、飞龙等舶来品，这类作品也如同蝙蝠：在东方显得突兀，西方人也看得出是伪西式。

因此，多年以来我一直在尝试的是，写出中文专有的科幻和奇幻，而不是西方科幻奇幻的模仿品或中文版，而是确确实实以中华文化为基础的科幻与奇幻。由此，我在高中时代开始将宋代以前的笔记小说写成《云空行》，大学时写出科幻长篇《明日灭亡》三部曲，短篇集《双城奇谭》将乡野奇谭混入现代社会，《庖人三部曲》以武侠面貌探讨历史，还有许多实验性的“极短篇”企图寻求小说的各种可能。

在创作多年后，我的小说终于可以跟中国大陆的读者们正式见面，感觉上是又期待又担心，期待的是将有这么多人可以读到我的作品，担心的是读者的接受度，毕竟这是蝙蝠的文章，是海外华侨第三代洄游文字故乡的第一次邂逅，不免会有丑媳妇见家翁的紧张。

数年前，我曾拜会倪匡先生，他老人家一针见血地问我：“为什么你的人物有时讲北京腔，有时湖南腔，有时又上海腔？”不禁令我汗如雨下。倪先生来自大陆，听惯五湖四海的腔调，我们海外华人无此经验，我们的经验是听客家话、福建话、广东话等语言差异，对于“腔”是无法深入体会的。所以为了让所有华人都听得懂，我希望我写的是世界的中文，希望能将各地中文的地方性特征减到最低，没有特定一地的俚语，好让世界各地的中文读者都能看得懂。

或许，这也是当蝙蝠的好处吧！

张草

2015.2.2于亚庇陋居

在地球联邦，“纯种”是必须要被毁灭掉的胚胎，但他不仅被偷偷孕育出生，还被以编号 θ 81402028 养大成人，以高才生的身份加入历史研究院。在研究历史之中，加上培育他的养父婆罗门一 α 51 的刻意灌输，他认清了地球联邦背后的种种假面具，整个地球联邦背后尚有一个更大的力量在操纵。

他体内的纯种中国人基因不断在呼唤着他，令他想一探当年全球统一之前，古文明为什么会崩溃。由于历史数据的不完整，他误以为发生于明朝天启六年的京城大爆炸，正是崩溃的原因。

当他的纯种身份曝光时，他被人逮捕，会见了统治地球联邦的十二人席会。但他不知道，真正的统治者，其实是地底下的“玛利亚”，祂是创造人类和地球联邦的“神”，只有第一主席才被允许知道祂的存在。

θ81402028被派去参加危险的时间旅行任务，以历史研究员身份辨认时间旅行的准确性。时间旅行的方法，是以八个只有人头的第一代“奥米加”，利用超能力将他送入超空间，他随时会因为失误而死亡。

他逃不过地球联邦，但他可以逃离时间！于是在地球联邦10553年，他利用时间旅行脱逃去天启六年的顺天府，前往他朝思暮想的祖先文明之地，意图改变历史。

他出现在顺天府内的证因寺大殿里头，被僧人救起，由于进行时间旅行必须要剃光头，他因此被误以为是一位出家人。他警告四周的人们，京城会发生前所未有的巨灾，但没有人相信他。与此同时，另一个世代的第三代奥米加，以及他的爱人沙也加一θ83405761，也来到了天启六年。

没想到，奥米加们是被派来杀他的，而口口声称爱他的沙也加，竟是一个连自己真正身份也不知道的生化人，在目的完成后，生化人沙也加也被洗去了记忆。垂死的θ81402028被一个神秘人物从死亡中拉了回来，那个人和他一样，有一对蓝色的眼睛。

同时，顺天府还是在劫难逃，端午节的次日早晨，四分之一的内城全毁，爆炸原因成了千古之谜。θ81402028回到证因寺，接受剃度，因为奥米加们曾经告诉他，带领他参观顺天府的比丘慧施，也拥有奥米加的能力，他因而相信只要成为与慧施一样的人，便可以学习到这种能力，最终目的是得到时间旅行的能力。

剃度后，他被赐法名正思，但满腔恨意的他，将自己改名为鸩思，以志心中源源不绝的仇恨……

# 导 读

叶李华

前言：这篇导读是为看过《天启爆炸》的读者所写的。倘若没读过《天启爆炸》就直接跳到《地球觉醒》，保证是人生一大损失。

青年作家张草两年前推出的科幻力作《天启爆炸》，虽然荣获第三届“皇冠大众小说奖”首奖，却难逃决审委员一致“虎头蛇尾”的评语。倪匡在推荐序中虽然力捧张草，也仍知无不言地写道：“这篇小说不是没有缺点，缺点在于最后天启爆炸是由‘地球联邦’所发动，可是似乎并没有达到目的，有些含含糊糊。”

看到这类的评论，张草曾经私下大呼冤枉。因为像这样不可多得的题材，他当然不会只用近十万字的篇幅“草草”收场，否则岂不是暴殄天物？事实真相是，张草原本打算把酝酿已久的故事，写成一组首尾呼应的“明日灭亡三部曲”，只是皇冠大众小说奖有字数限制，他才不得不削足适履，将这项写作计划化整为零。

一般说来无论小说或电影，续集的表现大半不理想，即使不至于为狗尾续貂，也会令人有后续无力之感。究其原因，乃是作者或导演压根儿没想到要推出续集，因此第一集便已法宝出书。《天启爆炸》却是另一个极端的典型，它原本就是一个序曲，因而故意埋许多伏笔，为后来的续集铺路。这一点，与“星际大战”系列电影颇有异曲同工之妙。

如今在千呼万唤之下，张草终于推出“明日灭亡三部曲”的第二部《地球觉醒》。这本续集最重要的使命，当然就是承先启后——一方面承继《天启爆炸》未了的故事，另一方面还得为那部“终曲”铺路。举例而言，《天启爆炸》留下相当多的谜团：

玛利亚究竟是何方神圣？
垂死的正思是谁救活的？
沙也加本尊的命运如何？
八艘红色飞行物的真相？
大爆炸的真正原因为何？

而在《地球觉醒》中，张草没有让读者失望，果然一一揭开谜底。然而一本精彩的小说，总是一波未平一波又起，好让读者喘不过气来。随便举个例子，在《天启爆炸》中只是龙套的老和尚明月，本书中却发展成一个谜样的人物。而在“世代交替”的指导原则下，《天启爆炸》的女主角沙也加逐渐淡出（颇像黄蓉从《射雕英雄传》到《神雕侠侣》的角色转变），改由她的“养女”承接主要的戏份。这位新世代女主角的身世之谜，便足够写成另一部长篇小说。因此之故，本书也像《天启爆炸》一样，留下充满想象空间的开放式结局。

所以读者诸君千万要有心理准备，以免读到最后几页才捶胸顿足。

本书延续《天启爆炸》的小说架构，写作风格亦力求一致。尤其耐人寻味的是，张草似乎刻意安排了一些“平行结构”。例如两本书的第一章，都是以“刚刚火化的骨灰”作为切入点，而在结尾处，两者皆以充满哲思的颠覆笔法，重新诠释人类的大历史——《天启爆炸》旨在诠释权力史，《地球觉醒》则是诠释宗教神话史。此外，除了精彩纷呈的科幻情节，这两本书还各有一个主题——前者是天启大爆炸之谜（其中的考据足以写成几篇历史论文），后者则是佛教与佛学（有一段几乎将《心经》从头到尾解说一遍）。这些在小说之下的深层结构，无意中反映出作者多元的学术癖好。

至于本书与《天启爆炸》最大的不同，或许是多出一个科幻舞台：火星殖民地。虽然张草未用太多篇幅来描写这个世界，但从序章“荧惑”短短的几页，读者便能感到一股呼之欲出的强劲气势。这个开场真是神来之笔，谅谁也猜不出《地球觉醒》竟然会在火星上拉开序幕。就科学与科幻的互动而言，火星绝对是二十一世纪最热门的天体，好莱坞的两部电影《火星任务》与《全面失控》就是最好的例证。这能否算是英雄所见略同？

我曾在一篇评论《天启爆炸》的文章中，写过下面这样一段话："在作者的刻意安排下，读者在阅读过程中常有时空跳接的突兀感，前一章还在中国古代的京城，下一章却来到未来世界的冰冷科技国度，就好像拿着遥控器看有线电视，在两家电影台之间跳来跳去。不过读者越是有忽冷忽热的感觉，越是代表作者的成功。科幻小说是跳脱一切成规的文类，拥有无穷无尽的表现空间，只要故事有科有幻，只要情节合情合理，越是诡异的表现手法，就越是不落俗套的科幻佳作。"

或者是张草的笔锋越磨越利，就文字功力而言，本书颇有青出于蓝的趋势。例如那些描写"未来反乌托邦"的段落，文字之冷之酷便直追《一九八四》与《美丽新世界》。至于男主角在明末京城的种种奇遇，则令人联想到金庸笔下的高手过招！

"此身为四大假合，两脚一伸，四大分解，尚可毁坏，何况区区一张黄纸？饥不能充腹，冷不能蔽身，留来何用？"

"也是。"住持说着，便将度牒撕成两半，然后放在正思面前。

正思正眼也不望一下，只是半闭着眼，似在沉思。

"那么这戒牒呢？"

"和尚何必多问？"

"也是。"住持又将它撕毁了。

四周围观的僧众从来没见过住持这么做，一个个屏了鼻息，不敢多说话。

本书第四章，管理佛经的和尚见到男主角望经兴叹，随口问道："你想要成佛吗？抑或只想弄个神通来玩玩？抑或只想看完《华严经》？"言下之意，即使是研读佛经，也不一定要有什么目的。同理，面对张草以治学功力雕琢出的力作，读者诸君千万切记它仍然是一本小说。倪匡曾经说过，小说家的天赋就是写出让读者废寝忘食的作品，姑且不论《地球觉醒》有多少深层内涵，就小说的“基本面”而言，张草已经超越了许多前辈，尤其重要的是超越了昨日的张草。

至于“明日灭亡三部曲”的终曲又要如何自我超越，就请大家拭目以待吧！

作者简介：叶李华，柏克莱加大理论物理博士，现任教于交通大学与世新大学，为台湾第一位科幻教授。

# 目录

CONTENTS

总序　蝙蝠的文章　001

前文提要　005

导读　007

**序章　荧惑**

火星历537年摩羯座之月·亚列斯谷（Ares Vallis）　002

火星历537年白羊座之月·亚列斯谷基地P　004

**第一章　沙也加**

苏　010

女孩　015

明月　017

梦魇　020

地底　022

指路　026

晨起　030

消失　033

**第二章　研究院**

阿姨　038

院长　042

说法　045

功课　049

初机　053

年表　058

心之砂　063

**第三章　四门游观**

邸报　070

慧施　074

奥米加　079

历史　084

华严　089

埃布尔　092

四门　094

**中场一**

名词解说一：心灵能力研究　100

名词解说二：时间旅行　102

**第四章　玛利亚**

阿僧祇　106

席会　112

第四道门　116

夜谈　123

任务　127

预兆　132

## 第五章　法地玛


理论　140
法航　142
时间　144
旅行　149
死亡　153
报告　160
关键词　162


## 中场二


名词解说一：三位一体　168
名词解说二：周期性毁灭　170


## 第六章　窄门


京城　174
菩萨　179
濒死　183
母神　186
答案　191
花茶　196
地大　200


## 第七章　沉思者


启程　204
洞窟　207
旅行　213
芯片　217
决定　221
探险　225
荼毗　231


## 第八章　明天


禁区　236
头陀　240
长老　246
回家　250
叙旧　256
遗嘱　263
冰原　265



## 尾声　269

附录　273

跋　281

序章

/

# 荧惑

正因为它荒谬，所以我才相信。

——古基督教雄辩家特尔图良（Tertullian，约160~220）

## 火星历537年摩羯座之月·亚列斯谷（Ares Vallis）

小杰克忧心地望向天空，只见一条条灰蓝色的细云流过天空，风的流动已经在渐次加速之中，云量也比往日明显增加了。

他知道那些云是干冰的微尘，也知道云量的意义。

他开始感到紧张了。

遥遥望去，还看不见卡尔·沙根纪念基地的影子，小杰克加快了太阳能车的速度，朝纪念基地的方向奔驰过去。

回想起来，他会这么鲁莽地跑出来，全都是因为两年前那场罕见的超级尘暴，摧毁了金色平原（Chryse Planitia）上的“维京人一号”遗物。历史课本上记载，维京人一号是第一个收集火星土壤的人类机器，也是人类来自另一个行星的证据，大约已经有五百（火星）年的历史了。

维京人一号经过多年的风沙折磨，已经破损不堪，经过那场百年难得一见的超级尘暴，这个本身就是历史的机器，已整具瓦解粉碎。

每当摩羯座之月来临，尘暴就会发生，今年的气象预测到会有两年前的超级尘暴，亚列斯谷会遭受严重灾害！当小杰克听见时，整个人慌张得不知如何是好。

自从维京人一号破损后，卡尔·沙根纪念基地就更显重要！它已经取而代之，成为他心目中的圣地！

卡尔·沙根纪念基地是另一个人类来源的证据，小杰克曾经去朝圣过，知道它原本叫“拓荒者号”（Pathfinder），登陆后才改名的。当他听见纪念基地可能也会毁灭时，他马上计划再来朝圣一次，好顺手取走一些纪念品。

这个计划，他没告诉任何人。

天空已经越来越灰暗，灰蓝色的流云也越来越浓密了。渐渐地，小杰克感觉到太阳能车的马力也逐渐在减弱，引擎发出暧昧的呻吟声，车轮也开始受不了满地的石块，颤抖得更厉害了。

这一瞬间，小杰克终于领悟，他已经没有回头的可能，尘暴已经迫近，太阳能车失去动力源，他不可能利用步行活着回家。更糟的是，他可能到不了纪念基地。

他后悔，他非常后悔，一切的决定都过于草率了，他甚至没留下任何线索给家人和朋友，让他们知道他正在何处。

他太常逃课了，明天早上没人会对他的消失感到警觉。

他也太常跷家，到朋友家去鬼混，他的家人也不会留意到他没在饭桌前出现。

太阳能车已经声嘶力竭，尽管他奋力踩动油门，车子还是半点加速的迹象也没有。他焦急地仰视天空，晴天的奶酪色天空消失了，冷酷的流云在空中拥挤不堪，像河流一般急急流动。

“会死！”他的心里忽然跃出这个念头，整个人禁不住一阵哆嗦，死亡的气息在刹那间汹涌而来，“我会死！”

太阳能车上的水和粮食，还足够他活五天，或许有机会等到救援。但是他所拥有的全部电力，只足够维持宇宙服十五个小时的温暖。

然后他会被活活冻死。

即使要死！也让我再抚摸一次拓荒者号吧！

忽然，他忆起了许多人，许多他平日不怎么在乎的人。

大地陷入灰暗，太阳能车已全然停顿，车上的太阳能电池板覆盖上一层又一层尘沙，风速已经明显转强，咻咻的声音从头上划过，干冰的尘粒纷纷打在身上，他不禁缩起肩膀，焦急的眼泪涌出了眼眶，懊悔地向他想念的人一一道别。

“再见了，乌娜……再见了，宁静海一号……”宁静海一号是他的个人计算机。

他感到尘暴的高度越来越低，呼啸的声音越来越可怕，疾风渐渐从头顶上降下来，干冰尘粒也越来越密集了，打得他身上好痛，能见度越变越差了，呼吸也开始感到困难了。

“再见了，爸妈……”

他自己也没听见，因为尘暴已完全降临，覆盖了他的身体，将那句话吹得远远的。

## 火星历537年白羊座之月・亚列斯谷基地P

如往常一般，经过三个多月的尘暴之后，大气又恢复了平静，各基地之间重新取得了联系，确认各个无人观测站的破坏程度，以及各基地的伤亡人数。

小杰克变成干尸的遗骸，已经被人在卡尔·沙根纪念基地半公里以外找到，运送回基地。在送回给家人以前，他被解剖检验死因，以判别是冻死、饿死、渴死还是惊怕而死，甚或是自杀。

“他是冷死的。”基地主任伯利恒向大家宣布说，“他是为了那愚不可及的传说而惨死的！”为了基地未来的生存，他要激起居民们同仇敌忾的情绪。

从小开始，他们就被教导人类是源自另一个行星的，但经过数百年以后，这个历史教材已经引起众人的怀疑，“人类源自火星”的说法在大众之间逐渐挑起风潮，在不知不觉中受到基地年轻一代的支持，已经足以与传统的学说相抗衡。

对他们而言，地球是遥不可及的空幻之物，他们对传说中的地球毫无感情，一点也不认为地球有什么重要。

他们生活在火星！从一出生便是如此，到死也不会改变！传统的“地球起源论”只会麻醉人们的思想，对于火星日渐恶劣的居住环境一点帮助也没有。

学说之争，终至演变成政治之争。

“火星起源论”渐渐在各基地的年轻人之间抬头，与旧派人士对抗，两派之间的关系越来越恶化，尤其是基地P的情况特别严重，这地区在后来的火星史上被称为“火药库P”。

小杰克之死，让矛盾一触即发，首先是年轻的基地主任伯利恒在议会上掌掴元老，骂道：“你们所坚持的学说，已经造成一个年轻生命的死亡，他在尘暴发生时去寻找山谷中的废铜烂铁，这件事，你们的推广和误导难辞其咎！”他用愤恨的语气强调说：“你们所迷信的地球，是一颗死亡的行星，除了肮脏的云层之外，什么也没有！”

元老虽然气愤不过，但思路依旧是条理清楚：“人类源自地球并不是学说，而是祖先遗留下来的事实！”

“我们住在火星。”基地主任伯利恒向四周的民众大声呼喊道，“火星是火星人的火星！”

口号一经喊出，激动的年轻人们纷纷走出宿舍，终于在基地内的信道间酿成暴动。据说当时基地内的温度剧烈上升，中央控制器好几次发出危及生命安全的警告，但也阻止不了暴动升温。

所幸，暴动很快就结束了，火星政权一夕易主。元老们有在暴动中被殴打身亡的，幸存的也被囚禁在地下室，留待审判后放逐到金色平原去。

新上任的总理伯利恒探访被囚禁的元老，询问这些政敌们的遗言。

元老说：“我们是地球人，这是永远不会改变的。”

“从今天开始就会改变了，”伯利恒说，“火星也会因此而改变，火星会变得友善，将来我们的孩子不穿宇宙服，就可以在红色的土地上奔跑。”

元老啐了一声：“荒唐的小子，你为什么会相信那种荒谬的火星起源论呢？那些只是神秘论者的呓语罢了。”

“即使这是呓语，也不会比你所相信的来得荒谬。”

元老用精锐的视线瞪了他好一会儿，才说：“你现在是总理了吧？那何不到天文研究所去看看？那里有一些信息，是只能提供给总理的高机密文件。”

听了这句话，伯利恒顿时背脊发寒。

他害怕的是，万一元老们所坚持的错误历史，其实是正确的话，他就会成为叛乱分子，在火星史上遗臭万年了。

伯利恒马上前往天文研究所，要求调阅地球的档案。

仅仅是今年的地球档案，就有两千页那么厚，上面夹满了最新拍摄的人造卫星照片，那是几年前送去的“地球测量者号”所拍摄的。从照片上可见，在浓密的云层间露出一些空隙，这些空隙释放了地表的秘密。

地表上充满了生机，有绿油油的树林，还有整齐的城市。包围地球的云层也正逐年淡薄，尤其是这二十年，云层变淡的速度很显然正在加速中。

伯利恒即刻命令封锁天文研究所，软禁所有研究人员，然后坐下来，静静思考。

这是他政治生涯中最危险的一刻，他必须深思熟虑，好好斟酌下一步棋，他深知一步错棋可以让过去走过的所有棋步化诸流水。

“调出图书馆的所有地球档案，”他命令说，“我要好好研究一番。”

他正在想象着一件恐怖的事，恐怖得连他自己也害怕起自己来。

“我必须完成历史。”

他如此告诉自己，流着害怕得兴奋的冷汗。

“完成我所设定的历史。”他喃喃自语，“根据火星起源论，地球必须是一片没有生命迹象的废墟……”

## 地球

地球联邦10572年

# 第一章

## 沙也加

谁要是不听规劝，那就把他从世界上消灭掉。

——中世纪神学家“天使博士”托玛斯·亚奎那（Thomas Aquinas，1225~1274）

# 苏

门铃响了。

沙也加—θ83405761困惑地应门，当她看见门后那人的穿着时，她才知道家里出事了。

门外的人戴了顶蓝色鸭舌帽，穿了一身蓝色工作服，工作服上绣了他的单位名称，他是一名清洁队员。

清洁队员递给她一个小盒子，还有一张收据："女士，请签收。"

沙也加—θ83405761看清楚收据上的名字和编号了，没错，那是她丈夫的名字，所以盒子里的骨灰是她丈夫的。事实上，她很少记起丈夫的名字，丈夫对她而言，只不过是一种必需品，一种掩饰谎言用的必需品。

她很干脆地签了字，清洁队员道了谢，便小跑回到车上，说不定是要到下一家去送骨灰了。

沙也加—θ83405761才刚下班回家，还刚进门不久，连大衣也尚未脱下，根本还没想到去留意丈夫正在何处。

要不是清洁队员，她还不知道他已经死了，但她没兴趣知道他怎么死的，为何会死，这个因为是必需品才共同生活的丈夫，她平日也很少跟他说话，几乎都不理睬他。

忽然间，沙也加—θ83405761心里感到一阵愧疚，一方面对这名逝去的男人感到抱歉，一方面是对自己那个松了一口气的心理产生了罪恶感。

她觉得很疲倦，将骨灰盒看也不看便随手一摆，再将自己埋入柔软的沙发，合上眼，很快便沉沉睡去。

当她再次睁眼时，是被电话铃声吵醒的，铃声把她从黑甜中硬拉了回来，她感觉一阵晕眩，下意识地瞄了眼手表，知道自己刚刚才睡了一个小时不到。

她按了手表上的键，接听电话："喂？"

"清洁队来过了吧？"电话那端传来一把温柔的声音，温柔之中隐约有股威严。

沙也加—θ83405761完全清醒了，她认出这个声音，便冷冷地回道："你在滥用职权。"

"你知道他怎么死的吗？"那人不理会她的无礼。

"没看清楚，"她补充道，"我签收据时没看。"

"你今早出门之后，他泡在浴缸里时，临时起意，将自己的头淹到水中的。"

沙也加—θ83405761可以理解，她的丈夫这些年在内心忍受了多么大的困苦，全都是因为她的冷漠，或许她不该跟这个必需品签下婚约的，不应该有人为了她这个谎言而牺牲的。

她也可以想象，在丈夫自杀后，清洁队是如何进入她家，整理现场、包装尸体，待他在医院接受法医解剖之后，即刻火化，然后在她下班回家之际，及时将骨灰送到她手上，作为家人最后的纪念物。

“为什么要告诉我？”

“因为我滥用职权。”对方的声音带有一丝关怀。

她知道那个人是谁，所以她一点也感动不起来，那个人是统治地球联邦的“十二人席会”之首，新上任的第一主席苏一η99907。

那人掌控了一切。

没有人能想象，苏一η99907这位成熟的动人女性，一个会让任何人忍不住多看一眼的美人，会是掌握全球生杀大权的人。

但十二人席会对地球联邦的平民阶层而言，是一个不言之秘，要是一般平民得知这个事实，他恐怕会马上被收押、毁灭，很快会从地球联邦所有的档案纪录上消失。

已经有很长一段时间，沙也加一θ83405761没和这个人联络了，第一主席苏一η99907亲自打电话找她，难道只是为了问候吗？

两人沉默一阵之后，对方又说话了：“明天来找我。”

“为什么？”她警戒起来。

“你会知道的。”说完，对方轻轻放下了电话。

沙也加一θ83405761沉默了好一阵，脑里翻腾着各种猜测，忽然，视线不经意地瞄到骨灰盒，不由得凝视了它好久。

“联邦万岁。”她悄悄地说。

她根本不打算赴约。

次日早晨，她从家直接到历史研究院去，一天的研究工作完毕后，她又直接回家，连平日会拐个弯去看的日落也省略了。

当她一打开家门，一股香味马上涌了过来，她马上了解是怎么一回事了。

她一言不发地走到饭厅，浏览一遍饭桌上的菜色，却理也不理饭桌前的苏一η99907，便一屁股坐了下来，将最爱吃的奶油焗虾端到面前。

“沙也加。”苏一η99907并不在意她的无礼，“你一点也不感兴趣吗？”

沙也加一θ83405761津津有味地吃了起来：“反正是你要找我的，所以我等你告诉我就好了。”

“好吧。”苏一η99907叹息道，“你的心灵填补计划已经申请通过了。”

“什么？”沙也加一θ83405761停下咀嚼，“我从来没申请过心灵填补计划。”

“是我替你申请的。”

沙也加一θ83405761内心一时波涛起伏，不明白苏一η99907葫芦里卖的是什么药，眼前吉凶很不分明。

心灵填补计划，是地球联邦的政策之一，是一项领养孩子的计划。

这个计划是和“法定停经日”同时进行的，在法定停经日规定下，所有女性都是不育的。

所有的女性必须在“法定停经日”被抽取所有的卵泡，成为地球联邦的财产，再由地球人口研究中心将其受精、混种，由机器孕育所有的人类。

这种措施，一方面是为了调控人类未来的演化路线，一方面也避免野生人类的产生。

每一位女性要在停经日过后才享有做爱权，所以女性成为一个不育的个体，夫妻要有孩子，必须经由申请心灵填补计划来领养。“心灵填补”所要填补的，正是一个正常家庭的心灵空缺。

可是，沙也加一θ83405761从来没申请过，也从不曾想要去申请。

她的心早就在十余年的等待中等得枯萎，化为灰炭了，她至今仍活着，只不过是为了那一丁点儿可能存在的细微希望，希望能再见到那个人，那个她曾经最爱，也再没有人能够取代的最爱。

她激动地瞪着苏一η99907，不明白她的意图，不明白她的多管闲事存有什么陷阱。

“是个女孩，已经四岁了，正好超过最不听话的三岁，人很机灵，我已经给她看过你的照片了。”说完，苏一η99907用食指抵着唇，示意她不要出声。

沙也加一θ83405761明白她的意思，因为地球上的每一个角落都有监听器，分析着人们说出来的秘密。但沙也加一θ83405761不明白的是，贵为第一主席的苏一η99907，还会害怕什么人监听她的话呢？

“你不会后悔的。”苏一η99907取出一个活页夹，递给沙也加一θ83405761，示意她翻开来看。

沙也加一θ83405761满心狐疑地看着活页夹，上面写了她要领养的女孩的编号：λ16798K。

她打开活页夹，里头详列了女孩的基因序列，还分析了女孩将来的自然寿命、体能、各种重要疾病的患病率等，最后还列出了组成这女孩的成分的卵子和精子来源……

卵子：θ83405761

精子：θ81402028

沙也加—θ83405761猛然睁大眼睛。

她惊讶得一句话也说不出来，泪水忽然涌了出来，一时之间，她完全控制不住自己，眼泪不断沿着颜面滴下，她想擦拭也擦不及，只好任它流，好好地大哭一场。

## 女孩

小女孩的编号是λ16798K，她睁着一双很大很大的眼睛，端详眼前的女人。

她将来的记忆大约是从这个年龄开始记录的，之前的记忆保存期并不长，她很快便会忘掉的，似乎是了解这一点似的，她努力地瞪着这位年近四十的女人，极力将她烙印在记忆里。

"联邦育幼中心"的工作人员微笑着说："λ16798K很聪明的哟，她已经能写出一到一百的数字了，联邦语也讲得挺标准的。"

沙也加—θ83405761深吸一口气，又摸摸鼻子："她学过什么了？可以给我一份详细的列表吗？"

"当然可以，"联邦育幼中心的人都长得很和善，她胖大的身躯转身过去，相比之下显得细小的手指在键盘上敲着，桌上的屏幕便列出一长列文字，"你要打印，还是送去你的电子信箱？"

"打印好了。"

小女孩坐在地上，精灵的眼睛不住地打量沙也加—θ 83405761，从眼睛打量到手指，从大衣的衣角打量到袜子上的脱线，生怕看漏一点似的。

沙也加—θ 83405761也打量了小女孩一下，对于小女孩深刻的五官有些困惑，也对她较深色的皮肤感到费解：她的基因序列没错吗？

“好了，签下这份文件，她就是你的女儿了。”长得胖胖的工作人员呼了一口气，将笔和文件递给她。

当沙也加—θ 83405761签下名字时，工作人员朝小女孩笑了笑，还对她挤挤眉心，逗得小女孩咯咯笑了起来。

工作人员心里叹了一口气，又一位小孩离开联邦育幼中心了，离开他们完善的照顾和教育，离开他们连温度、湿度、空气流动速率、电离子浓度等都关心得无微不至的保护了。

每当一位小孩被领养，她都免不了那么一点悲哀。

母性已经成为他们的专业，可是，眼前这女人有母性吗？

她不禁多瞄了眼沙也加—θ 83405761的眼袋，眼袋的暗色透露出她的心境，这是个精神压力很大的女人，有许多秘密封藏在心窖深处。

她为什么会想要来申请心灵填补计划呢？想到这里，工作人员不禁为小女孩的未来感到隐忧。

“签好了。”沙也加—θ 83405761将文件轻轻一推，向小女孩伸手，“来。”小女孩很自然地迟疑一下，不过她还是伸出手去了。

曾经，她见过许许多多联邦育幼中心的朋友们被带出去，便没再回来了，她一直怀疑朋友们哪里去了，她搞不懂。今天，当那位和蔼的胖女人来叫她出去时，她知道，这次终于轮到她了。

她一直对朋友的命运感到好奇，现在她也要迎向这个命运了，所以她紧盯着自己的手伸出去的动作，像是要永远记得这一刻似的，她紧紧拉着沙也加—θ83405761的手。

“叫妈妈。”沙也加—θ83405761说。

妈妈？那不是书里面读过的吗？原来妈妈是长得这样子的！

“妈妈。”她听话地叫道。

忽然，眼前这女人眼睛红了，眼眶湿了，肩膀忽然抽搐起来，眼泪像溪流一般弄湿了脸。她低下身子，紧抱着小女孩，不断地噎泣。

工作人员有些慌张：“不行，不行，会吓着小孩的……”

但小女孩没有受惊。

她似乎可以感同身受，不由自主地也感到一丝哀伤，小女孩于是伸出另一只手，轻抚着那女人的秀发，以往每当她这么做，其他爱哭的小朋友都会安静下来的。

λ16798K已经准备好迎接未来的不可知了。

## 明月

天启六年八月。

第一百天。

这是他来到这个世界的第一百天。

他对故乡的忧虑依然不绝，那股恨意也依然纠结在胸口。

尤其每当他席地静坐，越是希望自己静下来，却越是无法平静，混乱的画面会在脑中四处飞窜，一遍又一遍，不断提醒着他的愤怒。

“我叫鸩思。”他又提醒自己一次了。

鸩酒般的念头，浸泡他的脑子。

每当他的心念变乱，便赶忙拿起《金刚经》猛念，企图将脑里的杂念消融于经文之中。

“……诸微尘，如来说非微尘，是名微尘；如来说世界，非世界，是名世界……”一遍接一遍，由空入有，由有入执，由执入恼怒……

一百天，他没有任何进步，他还以为只要跟随这些人学习，就能开发出奥米加们的能力。看来他太天真了。

时序已经进入仲秋，顺天府的天气也转凉了，但鸩思还是常常被自己的念头困扰得脑袋发烫，辗转难眠，只得偷偷爬起床，悄悄溜出僧寮乘凉。

证因寺的僧寮外种了一棵大树，夜风拂过树叶时，发出的沙沙声格外沁人，鸩思特别喜欢听。这些日子来，他也习惯盘腿打坐了，这样子坐在大树下，聆听叶声，沐浴清风，他反而很快就想入睡了。

虽然当僧人的生活很多规则，但总比地球联邦无形的枷锁来得轻盈多了，因为寺院的规则是为了提升自身的心灵而设的，他反倒觉得轻松。

只是不知，沙也加……

“不可以想女人哦。”一把苍老的声音从树后传出，吓了鸩思一跳。

鸩思慌忙站起，要回僧寮去。

“别慌张，是明月呢。”

原来是云水堂的寮元明月，明月是个驼背的老和尚，负责管理外来僧人挂单暂居的云水堂。夜已深了，不知为什么也在树下呢？

鸩思初次出现在证因寺时，曾得明月照顾，他忙双手合十，向明月礼敬："师父安好，也在纳凉吗？"他只是一位沙弥，依礼要称呼比丘为师父。

"明月年纪大了，睡得少，睡得少。"明月欠欠身子，示意鸩思坐下，"你倒是，不睡觉，五更怎么有力气早课？偷跑出来，不怕寮主责怪？"

寮主是僧寮的"室长"，管理一寮，鸩思犯了这些小错，寮主要是发觉，是要提报上级的。每日清晨，万境未动时，僧人们也要起来念经，所以明月才有此一问。

"鸩思怕热，所以出来吹风。"他坐在明月面前，望着这老人，心里总会感到一丝恬静。

"在本寺待的这段日子，你的口齿也变清楚了些呢。"

鸩思原本就通晓十五种古民族语，中国语又是他特别钟情的古语，所以一旦来到祖先的国度，他很快便能灵活运用了。

"承蒙师父教诲。"

"瞧，连客气话也学得有板有眼呢。"明月笑道。

鸩思颔首笑笑，沉默不言。

明月动动嘴巴，似乎在咀嚼什么，这是没牙齿的老人家惯有的动作，他边嚼边问："你缘何出家？"

"为到彼岸。"

"那是别人告诉你的答案，"明月道，"我问的是你的答案。"

鸩思抬头看明月，只见明月目光苍茫，似乎看不清楚东西。

鸩思沉着气，考虑自己应该如何回答。

想了一阵，他深吸一口气，想到了一个好理由。

他转头朝向明月："我出家……"

明月垂着头，发出微鼾声，已经睡着了。

## 梦魔

"妈妈，你听说过睡觉的时候，会有妖怪出现吗？"

λ 16798K九岁的时候，有一天在早餐时问这个问题。

"为什么这么问呢？"

"妈妈有没有在睡觉的时候，遇过什么怪怪的事呢？"她继续追问。

"妈妈没有耶，"沙也加一 θ 83405761停下汤匙，仔细聆听女儿的话语，她想当一个好妈妈，"亲爱的，你昨晚做了噩梦吗？"

λ 16798K摇摇头，继续低头喝汤："我算过了，我睡了八个小时，这是最标准的睡眠时间了。"

"对呀。"

"可是常常早上起床时，我觉得好累哦，好像只睡了五个小时。"

"你睡得不好吗？"

"所以我搞不懂呀。"λ 16798K困惑地说，同时用双手将碟子拿起，把所有的汤喝下。

"那么，"沙也加一 θ 83405761显得严肃了起来，她是个很在意女儿心理状态的母亲，"你有做梦吗？"

"有。"

“告诉妈妈好吗？”

“你想听吗？”λ16798K认真地坐直了身子，“那个梦很长哦，每次一开始的时候，就会在一间房子里面，然后有老师跟我上课。”

“跟学校一样吗？”

“不，跟学校不一样，没有其他的同学，只有我一个人，老师只教我，而且教室也没有窗口。”

“这个梦就只在上课吗？”沙也加—θ83405761微笑道，“好闷的梦哦。”

“可是老师教的东西很不一样，”女孩嘟起嘴，讲得有点急，“跟学校的完全不同的。”

“那很好啊，那刚才你怎么问妈妈有没有妖怪呢？”

“因为，我觉得怪怪的，那老师好真实哦，我一直以为我不是在做梦，我原本还以为是真的，太真了。”

“可是，你每天不是乖乖地从床上爬起来吗？也没有离开过家里嘛。”沙也加—θ83405761站起来，开始收拾起餐具了。

“可是可是，昨天晚上我做梦时，我撞到椅子，大腿瘀青了一块，妈妈你看。”她拉起裙角，展示那一大片瘀青，沙也加—θ83405761吓了一跳，忙上前去察看。

“怎么弄伤的？”她忧心地按按瘀青，“痛不痛？”

女儿忍着痛，点点头。

“在学校弄伤的吗？”

“不，是在梦中。”

“梦中那个老师不知道你受伤了吗？”

“我不敢告诉她，我有点怕她。”

“为什么？她是个女老师吗？她很凶吗？”

“她没有头发。”

“没有头发？”

“还有，她很白，白得像面粉一样，有点肿肿的，像面包，像妖怪。”

沙也加—θ83405761赫然一惊，背上流过一道凉意，一股熟悉的恐惧感，阔别多年后，又忽然回来了。她小心翼翼地问：“每个老师，都长得像那样吗？”

“不是。”

“你常常做同样的梦？”

“对呀，烦死了。”

“有多久了？你做这种梦已经有多久了？”

λ16798K皱眉想了想：“很久很久了，我忘了。”

## 地底

在地球联邦的首都贾贺乌岧，一个不起眼的边缘住宅区角落，有一间老旧的大房子。

老房子坐落在一大堆设计新颖又功能完备的房子之间，显得很是突兀。

托地球联邦完善规划的福，人口总是控制在标准值以内，所以每个平民都能分配到大面积的土地，上面有一间漂亮又舒适的大房子，街道四周种植了各种各样的大树、灌木、花树、草皮等，不但有凉荫，有舒服的绿地，还可以在春和日暖时闻到花香。

没有人了解，为什么这里会有一间老房子，为什么地球联邦不将它翻修，就像其他房子一般呢？虽然没人了解，但也没人去追究，甚至连想也没想过这会是个值得一问的问题。

苏一η99907慢慢踱着步，欣然闻着黄昏的香味。

那是懒散的香味，一种工作完毕之后的释放感，她不由自主地慢下了动作，时而耽误一下，看看西沉的太阳已经降到地平线以上几度了。天空已经延续了千年的灰蒙，打从她诞生至今，也快有六十年的光景了，记忆中的天空都是那么阴沉的，只有当黄昏降临时，才会染上迷人的橙色。

她最喜欢这片橙色了，只有在这时候，她才能感受到活着的喜悦。

她停下脚步，专心观看太阳沉下的动作，刻意不理会四周走动的那些人。

那些人，他们也在随性地活动着，有的在聊天，有的在放风筝，也有在慢跑的、闲逛的，不过，他们的视线全都会不时往苏一η99907这里扫来。

他们全是第一主席苏一η99907的侍卫。

不过，即使是他们，也没人有权利进入第一主席方圆五公尺之内。

一直到她观赏完夕阳，迈步走到那间老旧的房子，开了门，进去了，这些侍卫们才放心地松了口气，然后一个个悄悄隐没在周围的环境里头，开始漫长的夜间守卫工作。

苏一η99907并没马上休息。

事实上，她还有工作。

她进入房子后，一道墙便开始慢慢地滑开，露出一个比客厅还大上几倍的空间。

这个大室中间有一个大圆筒，被厚实的铅板墙壁包围着，圆筒上有一扇门，门上写了三行字：

**工厂**

**南区七号入口**

**非法闯入者格杀勿论**

这些字是刻在金属门上的，刻得很深，看起来非常古老了，连遣词用句的方式都跟今日迥异。

大圆筒在这里也显得怪异，它似乎跟这老房子没什么关系似的，有点像闯入一个温暖家庭里的醉汉，对视觉很有伤害。

苏—η99907一言不发地推开金属门，聆听金属门沉重的欢迎声在里头的黑暗空间里回响。

黑暗中忽然有了声息，一阵静电的吱吱声响起之后，亮起了两列古旧的灯管，为黑暗披上一层银灰色的雾，照出一排长长的螺旋梯，通往阴冷的地底，乍看之下，还不知螺旋梯的尽头在何处。

这一条螺旋梯，是苏—η99907每日必走的路。她疲倦地踏下第一步，听见地底深处的灯光噼啪地一列列打开，暖和的空气从地底吹送上来，那是贴心的准备，为她已经一步步趋近衰老的身体所提供的一点体贴。

"苏，你来了吗？"地底下传来温和的问候，问候声在空荡的梯道间回响，显得宏伟，又有着无限的包容。

“敬爱的玛利亚，是的，我来了。”苏一η99907走得慢慢的，生怕不小心摔下楼梯。

不，她不害怕个人的死亡，她只不过是地球联邦的一个零件，是玛利亚其中的一个子女，是历史中的一个小旋涡，如此而已。

她担心的是万一她死在这里了，十二人席会失去领导，第一主席的位子暂时出现空缺，而且，没有人，除了她，知道玛利亚的存在。

打从一开始，最开始的开始，便只有第一主席被允许知道玛利亚的存在，代代相传不绝，这是铁则，虽然不知是谁定下来的，不过这是铁则。

“你今天精神不好吗？那不用勉强下来了。”

“伟大的玛利亚，这是我的职务，我任劳任怨。”

螺旋梯上的防滑措施已经脱落，所剩无几，苏一η99907小心翼翼地避开没有粗糙表面的区域，为了地球联邦的理想。

终于，花费了不少时间，她踏下了最后一级阶梯。

“欢迎光临，孩子。”玛利亚的语音很是慈祥，“今天要向我报告什么呢？”

苏一η99907慢步走到一个高阔的入口前方，恭敬地站在那里，凝视入口内深浓的黑暗，只听自己的呼吸声自黑暗中发出回声，仿佛里头也有人在呼吸似的。

“是，敬爱的玛利亚，是有关三位一体的问题。”

“我知道一部分了，你有什么意见呢？”

“第五号三位一体的死亡，是性染色体发生的点突变，这种突变是过去所未曾记载的。”

“你认为这种突变有什么价值吗？”

“谨听伟大玛利亚的教诲！”苏—η99907恭敬地低下头。

“根据我的计算……”玛利亚缓缓道，“你可以试用他们。”

苏—η99907心里一阵寒战：“玛利亚说的是？”

“禁区。”

## 指路

一阵纷乱的夜梦，鸩思从床上惊起，浑身冷汗。

他还感到心脏正猛烈地敲击胸口，像是要爆出来一样。

好不容易，他调理好呼吸，在黑暗中偷觑了一下寮主，才蹑手蹑脚地溜下床，走到寮房外去调整一下心情。

走到外头，注意到地面比往常光亮，仰首一望，只见明月高挂，还差一些就要是个浑圆的月轮了。这在以前地球联邦是看不到的，不……该说是未来的地球联邦是看不到的。

地球联邦的天空，总是弥漫着浓云，掩盖日光，月色也总是靛蓝的，不像这里的皎洁照人。

“你在看我吗？”

鸩思惊一转头，那棵树后还是席坐着明月老和尚。

“天气越来越凉快了，师父不怕冷坏身子吗？”

“有心，”明月颔一颔首，“身子终会坏的，那不重要，我担心的是你。”

“师父担心什么？”

"我担心你为了什么而出家？"

"师父为何担心？鸩思不过一个小沙弥。"鸩思避开话锋。

"出家有诸多缘由，有看破世尘、有避世、有厌世，也有想求超脱六道，也有杀人越货者剃头避难，也有以和尚为业，为人赶经拜忏，得些好处的。"平日口舌迟钝的明月，居然一口气说了一堆话，"正如吃饭本是为了充饥，可也有人吃饭是为了交朋友、卖人情，或是为了夸耀钱财，并非人人相同的。你呢？"

他舔舔舌头，感到呼吸变得沉重，急忙低头咽咽唾液，正好看见月光投照出自己的影子，被月光印在地面的叶影，时而遮去他的影子，让它朦胧地在脚下闪烁。

"我是为了恨意。"

明月沉默了一下，说："你是正思，八正道中的正思维，不应有恨。"

"不，师父，我是鸩思，鸩毒的鸩。"

"你恨谁？恨啥？"

"我恨我的命运。"

明月一直没直视鸩思，只盯着他不安的影子："每日诵经，千篇一律，老和尚也觉得厌烦，不如听听你的命运，倒也新鲜。"

"师……师父要听？"鸩思忆起过去，声音便禁不住颤抖。

"你初来证因寺，是在大殿凭空出现的，你还告诉住持，你是从未来过来的……"明月还是对着影子说话，"我想听。"

鸩思深吸一口气，秋夜果然阴冷，凉气在他肺里打转，压下些许恨意，他才盘腿坐在明月身边，合十礼敬完毕，才说："我出生在地球联邦10535年，编号是θ81402028，打从一出生，我就不该出生，因为我是个‘纯种’。”

明月截道：“明月不解纯种，愿闻其详。”

“地球联邦是整个世界统一后的政府，当时已经没有倭人，没有南蛮，所有人种全都要在‘大融合’计划下混种，不能有纯种，纯种要在出生之前毁灭。”

“阿弥陀佛，如此一来，不就是堕胎吗？”

“不，地球联邦的女人不能怀孕，孩子是由机器子宫孕育的，出生之前毁灭，不过丢掉一个胚胎。”

“老僧不甚明白，不过《入胎经》有载，父精母血和合之际，中阴即已入胎，如此也是杀生。”明月静静地说，“无妨，且说，你还是没被毁掉。”

“父亲是地球人口研究中心主任，也就是管理胚胎之人，他暗地里将我留下，待我出生，再将我领养。”

“善哉。”

“我是中国人纯种，又进入历史研究院工作，对世界统一之前的中国特别感兴趣，于是埋头研究。”他骤然双目有神，“从人类数千年的历史中，我深深感受到以古中国文明之伟大，不应在历史上消失，所以我翻查千年历史，我找到好几个可能的原因，其中王恭厂灾变引起我的兴趣，我想，它可能就是原因。”

“就是端午之后的那个灾变吗？”

“是。”

“你事先早知道了？”

“可是没人肯相信我。”

“这也难怪。”

“而且，当时不只我来了，还有奥米加也来了。”

“什么是……”对明月来说，这字似乎有点难念，“奥……米加？”

“我能来到这个时间，全靠他们。”鸩思说，“他们没有身体，只有头。”

“还能活呀？”

鸩思点点头：“他们以八个头为一组，将我包围，我就能抵达要去的时间和地点，这叫‘时间旅行’。可是时间旅行有危险性，随时可能会死。”

“那你为什么还要做呢？”

“因为他们早就知道我是纯种，纯种要是死了，一点也不可惜，如果我不服从，父亲马上会被毁灭，因为他也犯了罪，他领养我。”

“然后你逃走了。”

“我利用奥米加的力量，从一千三百二十四年后的世界逃来这里。”

“你说，那些奥……米加也来了？”

“他们来了，在王恭厂灾变的前一天，我还跟他们在一起，而且还有一个人也来了……”说到这里，鸩思的脖子忽然变粗，脸孔绷紧，鼻息变得沉重，“她……是我的爱人，可是，她是假的，她是一个生化人，她是伪装的沙也加！”

明月缓缓摇头：“千年后的世界，老衲着实不明白，如此，他们后来又去了哪儿呢？”

“我不知道，”鸩思咬牙道，“因为后来，他们杀了那个假的沙也加，也杀了我，我从死亡脱身之后，便满腔恨意。”

“所以你出家？”

“不，”鸩思摇头，“在这之前，慧施一度跟我在一起。”

“那个照顾过你的慧施呀？”

“当慧施在打坐静修时，我听见奥米加说，慧施也有奥米加的能力。”

明月蹙了蹙眉。

“所以，如果我学习了这种能力，我就能够回去，我要向我的命运讨个公道！”

沉默良久，明月才说：“你说的这种力量，叫作‘神通’。”

“神通……”鸩思沉吟了一下，“师父也有神通吧？”

“有吗？”

“你总是能猜到我的心思。”

“原来如此……”明月垂首摇晃了一阵，才问，“你想学吗？”

鸩思猛点头。

“好，”明月还是不看他，只看影子，但一片云朵飘过月亮，影子忽然便变得不太分明了，“我教你。”

## 晨起

闹钟响了，沙也加—θ83405761迷迷糊糊地爬起，像平时一样确认了时间，抱着一颗不太清醒的脑袋瓜下床。

她的步伐有点不稳，目光惺忪。

其实，她早在脚板踏上地板的那一刻完全清醒了，敏锐的警觉性刹那回来了，只不过躲在半睁半合的睡眼背后。

她打开房门，在开门之前，视线扫过门把。

门把上的牙签还在。

她转开门把，牙签无声无息地落到地毯上。

她搔了搔一头乱发，在经过一面穿衣镜时，顺便查看黑发中有多少灰发。

然后，她踱步走到女儿λ16798K的房门，利用开门前一秒钟的时间，瞄了眼膝盖高度那里的门隙。

她怔了一下。

虽然早已预期有这种事，她还是不由得怔了一下。

昨晚夹在门隙的牙签，不见了。

她打了个大哈欠，才用力开门：“起床啦！刷牙，洗脸，梳头……”

“嗯……”床上的女孩不情愿地转过身去，将被单拉过头。

沙也加—θ83405761走向女儿的床，视线急急扫描着地面，好不容易在门边不远看到了一根牙签。

“你昨晚睡前喝太多水了，有没有尿床？”她一面拉开被单，轻拍女儿屁股，一面查看女儿的脚底。

λ16798K的脚底有一点脏脏的灰黑色。

“没有，”λ16798K擦擦双眼，含糊地说，“我没尿床。”

“你自己半夜去上厕所了吗？”

“没有。”

沙也加—θ83405761在床边抽了一张面纸，弯下身去，轻拭女儿床边的地板，那里有一条碳线，在女儿下床的位置上，碳线已经不见了。

假设女儿说谎，不是刻意的谎言，而是一种不经意的抗辩，那么那根门边的牙签就是她开门时掉下来的，而且在她回房时再不小心踢入房中。那么，那根床边的碳线也是她踩掉的。

她催促女儿下床，赶她到卧室，顺口问道：“昨晚又做了那个很长很长的梦吧？”

λ16798K点点头：“所以我好困哦……”

她顺手摸摸女儿裸露的手臂，摸到些微汗泽。

她回想了一下，昨晚气温不高，是被单太厚了吗？

沙也加一θ83405761一直抗拒自己的一个想法，一个令她去放置那些牙签的想法。

早在几年前，她已经开始疑心。

女儿连续不断的长梦，梦中总是在上课学习，长梦后的早晨，女儿总是睡眠不足，疲累得很。

每当女儿做了长梦，沙也加一θ83405761自己也会备感疲倦，头总会微微地痛。

这真的只是巧合吗？

于是，沙也加一θ83405761开始放牙签，并在每日晨起细细检查。

如果是巧合，这巧合也太巧了。

她相信，每当女儿λ16798K做长梦的晚上，她的家里就有人闯入。

只有一个人有可能这么做。

## 消失

第一主席苏一η99907另外还有一个工作，是她成为第一主席之前的工作。

她是历史研究院的“查史者”之一。

每天，她还是会去历史研究院做她的研究，偶尔向院长打打招呼。

但是这一天，她不太好过。

才刚踏入大门，她已经看到沙也加一θ83405761怒气冲冲地看着她，似乎是专门等她来的。

“早安。”她如常问候，便要越过沙也加一θ83405761身边。

“有几年了？”

苏一η99907止了脚步：“我今天要完成一份论文，对不起。”

“没人胆敢向你追讨论文。”沙也加一θ83405761不放过她，“你一开始就计划好的吧？告诉我，有几年了？”

苏一η99907真的不想回答。

沙也加一θ83405761压低声音，在她耳边说：“我知道你的真正身份，除了院长，也只有我知道，所以你放心回答我，我不会大声说话。”

“虽然如此，我还是不会考虑去明白你的问题。”

“我的问题是，我是一个母亲，”沙也加一θ83405761有些激动，“而且还是一个真真正正的母亲，那孩子有我一半的染色体。”

苏一η99907不安地咽了咽唾液。

“你能明白我的问题吗？”

苏一η 99907果然不会明白。

当她还年轻的时候，有多少仰慕者追求，希望能与她建立婚姻关系，但她全都婉拒了，即使曾经出现一位令她心绪大乱的男人，她还是拒绝了。

因为她知道自己命定扮演的角色。

从还没诞生在地球联邦之前，她的角色已经被设定完成了，往后她走的每一步路，都是在计算中的必然，一步步长大，在校名列前茅，进入历史研究院成为“影子院长”，再接替十二人席会第一主席S一α 999的位子，统领人类未来的方向。

在她还没升级为查史者之前，那个爱上她的男人，曾经跟踪她，在她家门口强烈地拥抱她，诉说他无尽的爱意，她差点答应了。

所谓差点，是因为那男人在第二天便从地球联邦所有的档案数据中消失了。

彻底消失，一点不剩。

于是，她又回到了计算好的道路上去。

她深深领悟到自己的重要性，她是第一主席，是地球联邦运作的一个齿轮，不过是最重要的一个齿轮。

她的一生，不会有第二个可能。

不能结婚，不能领养孩子，不能有亲密朋友，只为了保存一个极重要的秘密——玛利亚。

直到一个叫θ 81402028的“纯种”出现，加入历史研究院……

“你能明白我的问题吗？”沙也加一θ 83405761愤怒的声音闯入了思绪之间，撕裂了回忆。

苏一η99907合上眼睛，慢慢地说："沙也加，我从来不求人，不过我求求你，请你别问，千万别问你想问的问题。"

"你想消灭我对不对？你有权力消灭任何人。"

苏一η99907摇头，一个大踏步想奔逃到研究室去，但沙也加一θ83405761拉住了她。

"我探查了五年，每个星期有三天，我的女儿都会梦到很长的梦，有人教她历史和古语文，有人教她生物学、数学、物理学和化学，甚至有人教她古宗教学、神话学和古地理学！这是一个梦该有的内容吗？"

"沙也加，你在歇斯底里……"

"我比你还希望我是在歇斯底里，每当她做梦，我便会陪她头痛，你们究竟给我吸入了什么气体，让我一整夜醒不来？你们为什么要这样对待一个小女孩？"沙也加一θ83405761几乎要叫嚷出来了，"这又是玛利亚的另一个什么计划？"

苏一η99907脸色铁青，一滴泪珠不由自主地溢出眼睛，滑下脸庞。

沙也加一θ83405761愣住了，她知道她刚说了一个不该说的名字："你不是第一主席吗？"

"我只不过是第一主席。"苏一η99907紧紧握着沙也加一θ83405761的手，让她感觉到手中的温暖。

历史研究院的大门打开了，几个蓝帽人大步迈了进来，笔直走向沙也加一θ83405761。

沙也加一θ83405761挣脱苏一η99907的手，冲入走廊，逃向楼梯间。

蓝帽人以平稳的步伐行进着，一点也不急，他们经过第一主席苏一η99907身边，仿佛不认识她，他们经过走廊上众多研究员身边，那些人也一点都不在意他们，因为每个人都知道，只要不犯错，就不必慌张，若是犯了错，再慌也没用。

沙也加一θ83405761奔跑至地下室，穿过一百公尺长的走廊，来到一面大门前，大门旁写着斗大的“管制区”。

那是历史研究院的数据库。

楼梯间回响着整齐的脚步声，节奏里隐含了十足的把握，对他们的工作一点犹豫也没有。

沙也加一θ83405761推开数据库的门，但门打不开。

这门从来不上锁的，但今天却锁上了。

她紧咬下唇，鲜血从唇间流下，垂挂在下巴，然后，她朝每一面墙壁大叫：“玛利亚！你是死神！你是伪善的伊西斯（Isis）！你是赫卡忒（Hecate）！”

蓝帽人已经从走廊上过来了，沙也加一θ83405761隐约看见，其中一人手上拿了一个活页夹，上面夹了一张纸，她曾经见过那种纸，她签过。

苏一η99907倚在历史研究院的大门内，遥望门外，门外种植了一排茂密的大树，视野所及尽是绿色，十分清爽。她对着这片美景呢喃：“我只不过是第一主席，我不是神。”

即使地球联邦的创造者要让她的朋友消失，要让她唯一真心对待的朋友消失，她仍不会抱怨一个字。

玛利亚赐予生命，也有权夺去生命。

玛利亚所行的一切，必有其旨意。

# 第 二 章

/

# 研究院

历史是极度黑暗深渊中该死的微弱烛光。

——科幻之父韦尔斯（H.G. Wells）于伦敦大学1944年的演讲

## 阿姨

妈妈变了。

忽然变得很快乐。

不知道是从哪一天开始的，总之自从某一天之后，妈妈就变得不太一样了。

她不像以前一样绷着一张脸，好像总是高兴不起来的样子，现在不但一脸和蔼，还会对我说笑。她比平常更温柔，说起话来轻轻的，原本的神经兮兮也消失得一干二净了。

她不再做出那种摆牙签的怪举动，也不再疑神疑鬼地问我梦中见到了什么人，或者有没有没身体的人头之类的。

也不知道为什么，我不再做噩梦了，那些每天晚上来教我的人不再来了，我也不会每天早上醒来也仿佛没睡过似的。

但是，他们改成早上了。

我不再去平常的学校上课，而是被送去学校另一个方向，那里有一栋很巨大的棕色建筑物。

那些在梦中出现过的老师，全都在那里。

我在那里继续着梦中的课程，只不过上课时间比在梦中加长了两三倍。

每天回到家时，妈妈总是已经准备好我最喜欢吃的饭菜。

我不必再担心妈妈生气了，也不必再看见她疑神疑鬼的表情了，可是，可是，妈妈虽然变好了，我却不太喜欢这样子的妈妈。

自从妈妈变得很温柔以后，有一个阿姨也开始常常来探望我们。

她会跟妈妈进去房间里面谈话，我只听得见她们的细细低语，通常半个小时之后，那个阿姨就会带我出去外面走走，把妈妈独自留在房里。

我知道，当我跟阿姨玩耍回来时，妈妈会准备好香喷喷的晚餐等我们回来。

有一次，阿姨带来了一样东西，是我从来没见过的。

我好奇地跟着她，绕着她手上的东西打量，一直不敢问她是什么。

她对我笑了笑："待会儿晚上你就会知道哦。"

我脸红了，走到一旁看书去，看了好久，才发觉手上拿的是我最不喜欢的那本《地球联邦史》课本。

课本的封面上印了一个蓝色的地球，听说是从外层空间拍回来的照片。

我百无聊赖地翻了几页，等阿姨带我出去走走。

不久，阿姨开门了，她朝门口使了个眼色，我高兴地合上书本，拉着阿姨的手走向门口，门口外已经是漆黑一片了。

阿姨手上拿着那个怪东西，我们走到一个黑暗的草坪，阿姨拉我坐在草地上，指向头顶上的天空，说：“你看那是什么？”

是月亮，我知道，那是夜晚天空中唯一可以清楚辨识的物体。

天空太昏暗了，连白天的太阳也是朦朦的，阴沉沉的云总是鬼魅般地飘浮在那里，老师说那些云这样子已经有好几百年了。

“你用这个来看看月亮？”

“这是什么？”

“望远镜。”

我一听，马上兴奋起来，这玩意儿是要在天文台才会有的，阿姨怎么会有呢？

阿姨教我怎么使用之后，我仰卧在软软的草皮上，用望远镜一看月亮，顿时吃惊不已：“好大好清楚哦！”

“月亮上有黑黑的和白白的对不对？”阿姨说，“那黑黑的是凹下去的地区，叫作‘马利亚’（maria）。”

“马利亚？”

“意思就是‘月海’。”

我点点头：“黑暗的地方是马利亚。”

阿姨沉默了一阵，似乎在沉思我所说的话：“那片黑暗的月海，看起来很像兔子吧？”

“会吗？我倒觉得像大青蛙。”

她压低望远镜，遥指天空：“月亮再下去一点，东边那里有个橘色的光点，看到了吗？”

“被云遮了，看不清楚，”我说，“不，我看到了。”我马上举起望远镜。

“那是木星。”

“真的吗？”我只看到模糊的一团，“怎么没有那些条纹呢？”

“因为这个望远镜的倍率不够高呀，木星的云带要在天文台才看得清楚。”阿姨说，“再往下去看，差不多在同一条直线上，看到一个红色的小点吗？”

“那是什么？”

“火星，那就是火星。”

“真的吗？”我用望远镜奋力猛看。

“那边可能住有人类呢。”

我心里一寒，不敢回答。

“怎么了？你不是在学校学过吗？”

“那是……老师说过，那是不可以说的，会有危险的。”

“你的老师说得没错，那是你这种特殊学生才可以学的历史，别的人要是知道了，是地球联邦所不容许的。”

“那……阿姨怎么会知道呢？”

“阿姨也曾经是特殊学生呀，何况阿姨还是专门教导你们这些学生历史的。”

“真的吗？要是教我的是阿姨就好了。”

阿姨微笑道：“你对火星上的人类这么有兴趣吗？”

我用力点头：“不知道当年殖民之后，他们是不是还活着呢？”

“谁知道呢？”阿姨朝天空叹了口气。

一艘巡逻车飞越天空，耀目的探照灯遮去了星光，打断了我们观看夜空的兴致。

“身份？”巡逻车停在上空，用播音器问我们。

阿姨抬头回道：“苏一 η 99907。”那是我第一次知道阿姨的名字。

我也抬头向巡逻车说："λ 16798K！"这才赶跑了煞风景的巡逻车。

"饿了吧？"阿姨说，"你妈妈好像做了一道烤鸡。"

那一年，如果没记错，我十四岁。

我会记得那么清楚，因为，这样的日子，往后我才体会到，它当时正在慢慢失去。

## 院长

λ 16798K十九岁那年，一大清早，沙也加一θ 83405761便向女儿说："今天不用去上课了，妈妈要带你去一个地方。"

"可以吗？"λ 16798K对这个突来的决定，一时没有准备，"我没向老师请假。"

"亲爱的，妈妈都帮你做了，没有什么好担心的，"沙也加温柔地说，"况且，今天是你的大日子呢。"

λ 16798K更困惑了。

"妈妈要带你去历史研究院。"

"真的？"λ 16798K跳了起来，满脑子兴奋不已，"为什么？我不敢相信！"

她想要去那个地方很久了，因为妈妈在那边工作，苏一η 99907阿姨也在那边工作。妈妈跟阿姨常常谈一些不能让她听的话，都是与工作有关的，这些工作内容是不能够跟工作无关的人讨论的，

λ16798K知道，那可是会令听到的人消失的。

“为什么？为什么要带我去历史研究院？”

“你很喜欢历史不是吗？”

λ16798K用力点头。

“妈妈向院长提过了，希望能让你加入研究院。”

“那我不就可以成为像妈妈一样的研究员了？”

λ16798K高兴极了，她几乎可以想象，她跟妈妈、阿姨三人一起快乐地聊天，三人之间没有秘密、没有隔阂，三人畅快地讨论学术话题，那是多么优雅又崇高的一件事呀。

这样一来，今日的早餐变得特别有味道，连人造牛奶也变得格外香醇。

“如果我是研究员，那妈妈就可以在家里教我历史了。”这样一来，她有比别人更多的学习机会，她一定比别人成长得更快，搞不好——她暗自窃喜——将来还有机会成为院长呢！

“你在偷笑什么？”沙也加—θ83405761问道。

“没有哇。”λ16798K赶忙低头喝牛奶。

地球联邦10587年的春天，λ16798K正式成为历史研究院的一分子。

迎接她的是院长，也是首席“查史者”厄俄斯福洛斯（Eosphorus）—ι7144321，是比她母亲晚一辈的人类编序。

厄俄斯福洛斯—ι7144321是个四十来岁的男人，打从λ16798K一进办公室开始，他就不停打量这名十九岁的少女。

少女天生黝黑的肤色最惹他注目，还有一对又深又黑的眼瞳，被镶在浓密的睫毛之中，少女的五官像是被刻画出来一般地分明，他想不仅是他，应该只要是男人都会忍不住对她行注目礼的。

院长口中咬着一根牙签，用牙齿滚动着牙签，打量的眼神有些陶醉。

λ16798K被打量得过久，感到腼腆不安了起来："院长，我……刚刚自我介绍完了。"

"哦。"院长像是刚回过神一般，吐掉牙签，"对不起，对于美丽的事物，我总忍不住会欣赏久一点。"这句话让λ16798K的脸彻底地红透了。

院长假装看不见她的脸红："我是院长，你应该知道了，我叫厄俄斯福洛斯，编号ι7144321，这个你知道吗？"

"谢谢院长告诉我，我刚知道。"

"你知道厄俄斯福洛斯是什么意思吗？"

λ16798K摇摇头。

"是的，你是不可能知道的，这是只有历史研究员才获准知道的知识，不过以后你会学会的。"他话锋一转，"你还没有名字吧？"

"没有。"

"赶快取一个吧，像你母亲叫沙也加就挺顺耳的，有一个名字比较方便记忆。"

"院长，历史研究院有限定我几岁以前要取名字吗？"

院长两手一挥："当然没有，依照地球联邦的规定就好了，我们不能僭越的。"

"那么……"

"那么没事你可以走了，明天早上九点到一楼左转的会客室，我会安排你的新老师指导你日后的学习的……反正我不用安排也一样……”他最后那句像是在喃喃自语。

“院长？……” λ 16798K一时没听清楚。

“没事没事，你先退下吧，反正明天别忘了报到，今天先到处去玩玩吧。”

λ 16798K满肚子狐疑地欠身站起，向院长点了个头，正要转身离去，院长又开口了：“等一等，你认识查史者苏一η 99907是吧？”

“是的，她是家母的好朋友。”

“当然，当然。”院长不停点头，又摆摆手示意她离去。

λ 16798K走到门口，确定院长不会再叫她了，才转开门钮。

“玛利亚怎样？”

“什么？”她懊恼地回头。

“我忽然想，玛利亚这个名字蛮合你的，你看起来像古代的中东人。你喜欢这个名字吗？”

“谢谢院长，我会考虑。”

“联邦万岁！”院长忽然喊道。

“联邦万岁。” λ 16798K像逃似的开门离去，离去前，还听见院长在办公室里大声唱歌。

她决定回家好好问一问母亲，这个男人是怎么回事。

## 说法

僧众们常常要齐聚在大殿，听寺中僧腊较高的法师讲解佛法。

出家人各有其深入专精的学问，一般而言，讲说佛法的叫法师，专门诵经的叫经师，专弘戒律的叫律师，学禅的叫禅师，过去还有成实宗学经论的叫论师，若是能通晓经、律、论三藏，又被称为三藏法师。

讲经说法原则上五日一次，每逢初五、初十、十五、二十、二十五日开示一次，这是鸩思最喜欢的事情了。

他平日要在厨房担水、生火、切菜，这些全是他不熟悉的事情，在未来的地球联邦，这些事根本无须亲自动手。虽然经过了一段适应期，他也可以像一般人那样担水和生火，但在心理上仍然十分不习惯。

他喜欢听法，一方面是可以让疲累的身心得到休憩，一方面又可以增进知识，他相信，得到奥米加能力的方法就隐藏在其中。

今天轮到年老的仁舟法师说法，他和其他法师不同，他不说大乘经典，而是宣说较少讨论到的《杂阿含经》，传说这是佛陀灭后第一部结集成书的佛经，包含了佛教最原始的哲理。

“释迦牟尼佛……”仁舟法师嘹亮的声音，令所有人禁不住精神一振，“在菩提树下悟道后，第一次说法，是为‘初转法轮’，而佛说的第一个法，就是‘四圣谛’。”

如是开场白之后，仁舟法师清了清嗓子，说：“为何佛陀初转法轮不说他法，单说四圣谛？因为，我们所住的这里是娑婆世界，娑婆世界又称五浊恶世，居住在娑婆世界的众生专门忍受各种苦，深陷于苦海，找不到出离之日，所以佛陀慈悲，教导众生离苦得乐，而宣说四圣谛。

“何谓四圣谛？苦、集、灭、道也。苦谛告诉你苦的真面目，集谛告诉你苦的源头何在，灭谛告诉你要灭苦，道谛即为灭苦之道。”

仁舟法师说的话，层层相因，滴水不漏，即使是正式使用古中国语只不过百余日的鸩思，也听得进去。

鸩思偷偷舒展了一下肩膀，将方才挑水时压酸的肌肉扯松一下。

“何谓苦？一切众生皆有苦，人生无处不苦。生是苦，凡女人生产，莫不冒生命危险，其哀号苦痛是苦。被生下来也是苦，胎儿被挤压出来时，饥渴逼迫，心悬热恼，皮肤初触及外界空气时，如同被火烧热炭割痛一般。”

这些鸩思不懂，他从来没见过怀孕的人类，野生人类是禁止的，即使生了下来也要被遣送去“禁区”。他是由人工子宫孕育的，诞生过程简单得很，一点也不痛苦，所以他不懂。

“老是苦，头昏眼花，行动迟滞，口齿无力。病是苦，心烦意躁，通身黑适。犹记《四十二章经》，世尊有言：‘人为道亦苦；不为道亦苦。惟人自生至死，自老至病，自病至死，其苦无量；心恼积罪，生死不息，其苦难说。’

“话说回来，老衲记得幼时随村塾先生读书，有《四喜诗》，曰人生有四喜：‘久旱逢甘霖，他乡见故知，洞房花烛夜，金榜题名时。’这四种喜，喜则喜哉，然，此喜何其短暂，长者数日，短者不过一呼吸之间，接踵而来的还是苦，比如说心里想吃美食，吃不到会觉得苦，吃到了，只不过欣喜一阵子，吃完了还是苦。

“为什么会那么苦？苦从何来？佛陀告诉众比丘，苦是‘集’的结果，集是苦的原因，众生是计苦为乐。前面说想吃东西的那种欲望，姑且称之为‘爱’，爱之，必欲‘取’之，为了欲‘有’之，爱、取、有便是‘集’，由此观之，世间乱象，莫不由此而生，因爱生贪，求之不得，就生嗔恨之心，执着于本来就非我所有之物，这就是痴愚之心。诸位看看，世间杀人者、害人者全都是因为贪、嗔、痴而造下堕地狱的恶业。”

说这些有什么用呢？鸩思不懂。

他说的道理都对，但又有什么用呢？

“我说的不是道理。”老法师一句话，吓了鸩思一跳。

他有一种被人逮到的感觉，赶忙端正坐姿，觑了眼前后左右的比丘和沙弥们。

“老衲说的是经验，不是道理，”仁舟法师说，眼神似乎飘过了鸩思前方，“你们一旦彻悟了苦谛，领悟到一切是苦，这个领悟也会成为你们的经验。领略了苦谛，知道了集谛是苦谛的源头，就会想要脱离苦海，达到无我之境，善恶是非不再着相，如《心经》云：‘心无罣碍，无罣碍故，无有恐怖，远离颠倒梦想，究竟涅槃。’

“如何心无罣碍？‘灭谛’是这个无罣碍的境界，而要达到这个境界的方法，是为‘道谛’，这道是个什么道？这道是‘八正道’，由此八正道证入灭谛。

“八正道不是说说就算了，若不去行，这八正道只不过八个挂在嘴上的梦呓，若老衲不去行，老衲这口里向诸位宣说的，不过是鹦鹉学舌而已。道是什么？道是方法，道是路，路是要行的，不去行的话，路会荒废。”

外头凛冽的北风，咻咻地扑打秃枝，刺人的风从门底溜入大殿，吹得坐在后头的人一阵哆嗦。

“这八正道是什么？”仁舟法师举起手，一一数出，“正见、正思维、正语、正业、正命、正精进、正念、正定。”

鸩思猛然一惊，依稀听见八正道中似乎有自己的名字。

“正见，就是正确地认识佛法，有的法是佛法，有的不是，什么不是佛法？只要不符‘三法印’就非佛法，何谓三法印？”老法师又用指头开始数了，“诸行无常、诸法无我、涅槃寂静，凡不违此三把尺，不论是佛说非佛说，皆乃佛法。”

寒风刮过了众人身边，钻入鸩思脚下，令他打了个寒噤。

“正思维！”仁舟法师一声喊，鸩思着实吓了一大跳，他惊慌之际，盯着老法师不放，只听老法师说：“正思维，就是对三法印所印证的正见，做深入的思考，诸位——请好好想一想。”

那最后六个字，鸩思几乎觉得是针对他说的。

因为当老法师这么说时，的确在望着他。

## 功课

上了几天的课之后，λ16798K感到晕乎乎的，像是受到脑震荡一般，往往好几个小时讲不出话来。

因为她在历史研究院学习的历史，完全推翻了她过去的知识。

地球联邦10587年！原来这个年数还需要打折！

原来全地球的人类原本并不只有一种！

原来以前学过的历史，大部分是假的！

当她发出这句惊叹时，指导新入研究员的“查史者”瞪了她一眼：“你应该说，是‘修订版’的历史，我们称为给一般公民的‘第一种历史’，那是为了地球联邦的长久和平而修订的。”

λ16798K充满困惑的眼睛直盯着查史者，满脸不解，查史者于是说道：“如果大家都以为地球联邦实际上已经有一万多年的历史的话，难道还有人会认为这一切应该再有什么改变吗？况且……”查史者意味深长地加长了停顿，“在知道这件事以前，你不是对你的生活非常满意吗？知道了以后，你又会希望有任何改变吗？”

除了λ16798K之外的其他新人研究员，全都纷纷摇头。

查史者又瞄了λ16798K一眼。

当他回过身去时，不忘叮咛了大家一句：“记住，这里所学习的，全都只能在历史研究院讨论，即使你最亲密的家人，也不能对他们透露半点令人起疑的信息。”

“要是透露了呢？”有人这么一问，众人纷纷讶异地望向他。

“你不知道吗？你没听过‘消失’吗？”查史者不敢相信似的说，“你会消失，听到的人也会消失，不仅是你们消失，你们所存在过的一切痕迹也会消失，没有人会再提起任何跟你们有关的字眼，否则提起的人也会消失。”

提出问题的新研究员一阵鸡皮疙瘩，连头发都要竖起来了，一副要哭出来的样子。

“啊啊，孩子，”查史者放软了语气，“你别想退出，一旦退出，你也必须马上消失。别忘了，你们大家都是地球联邦重要的资产，都有机会成为联邦史上重要的一员，没有人会想从历史上完全消失的，对不对？”

查史者似乎对自己的演说十分满意，他顿了顿肥厚的下巴，嘉许了自己一番。

“那么……”λ16798K的声音令查史者皱起了眉头，“地球联邦实际上有几年的历史呢？”

“很好的问题，”查史者说，“这问题就当作你们的第一篇功课吧！”

λ16798K舔了舔唇缘，心里刹那升起了好几个念头。

“你们可以尽情查阅研究院计算机中的数据，但要是遇上不准进入的数据时，千万要退出，那不是你们的层次可以看的，”查史者自满地说，“那是要到达查史者的身份才容许查阅的，你们甚至连最最初级的研究员都还不是。”

λ16798K几乎可以听见发自查史者内心的傲慢笑声。

查史者所提及的计算机，是位于历史研究院地下室的大型数据库。

下课后，λ16798K由楼梯走到地下室，她想要完成这篇功课的心情比谁都要炽烈。

地下室有一条长长的走廊，走廊末端是一扇大门，大门旁边写了大大的“管制区”。

λ16798K来到门前，心里不由得生起一股敬畏。

这里头保存了人类久远的过去，无论已知或未知的过去，都被收纳在这宝库之中，留待他们这些初生之犊去发掘。

她推开门，发觉已经有人在里面了。

那人正是方才课堂上提出怪问题的新人研究员。

他取下视讯目镜，慌张回头看看进来的人，接着松了一口气：“是你呀。”

“你好……我是λ16798K。”她略带羞涩地说。

“我……埃布尔一λ15M。”那男生也有些结结巴巴的，似乎不太习惯跟异性同处于一个空间下。

“你来查资料……呃，今天的功课吗？”

埃布尔—λ15M微微点了个头，忙将视讯目镜戴回去，两手也回到键盘上去了。

λ16798K呼了口气，找了个座位坐下，将身份辨识卡插入一个凹槽。

戴上视讯目镜，屏幕上出现一排字，同时有一把轻柔的女声转述这排字：“个人密码……”λ16798K输入：“妈妈”。

视讯目镜里的扫描仪开始检查她的虹彩，确认身份后，屏幕上又出现两排字：

**历史研究院数据库·初级研究专用**

她呆坐在柔软的椅子上，心里一片茫然，像是刚刚得到一个新玩具的孩童，一时不知该从何处下手才好。

地球联邦10587年如果不是地球联邦10587年，那该是多少年呢？

她应该先输入哪一个字呢？

忽然，视讯目镜里的屏幕闪了一下，惹得她的眼睛也眨了一下。

当她睁眼的时候，一时还没发觉屏幕上的字已经换了。

历史研究院数据库·高级研究专用

她首先困惑了一阵，接着用键盘输入：“退出”，抽出身份辨识卡，再插回去，重复相同的步骤，输入密码，切入数据库。

没错，这些字没变。

的确是“高级研究专用”，那不是她该用的。

“怎么办？”她自问。

迟疑了片刻，她还是决定抽出身份辨识卡，明天再来。

## 初机

他的内心总是燃满了怒火。

每当怒火将熄，他又会回想起一年前，目睹沙也加—θ 83405761死亡的那一刻，于是，怒火的烈焰再度使他的脑细胞沸腾，全身神经发烫。

终于他明白，是他不愿让怒火稍减，是他不愿忘，不愿忘却恨意。

他的力量正是来自恨意。

虽然明知那个死在他面前的沙也加—θ 83405761是假的，是一个输入了沙也加—θ 83405761人格的生化人，他依然愤怒不已。

“正思，正思……”

他惊一抬头，从遐思中猛然回神，偷偷瞄了一下眼前的明月。

明月正微微半合着眼，似睡非睡，似乎没理会他。

看来老僧方才并不是叫他的法号，而是在提醒他注意“正思维”，鸩思于是端正了精神，两手合十，将心绪稳定下来。这是初出家的沙弥们每日的功课，如此禅坐半个时辰，洗去心中杂绪，体会那种恬静中的空无感。

那种空无感带给他极大的安定感，偶尔会油然生出一股喜悦。

“你这是恶取空。”明月主动告诉他。

“师父，什么是恶取空？”

“你所感觉到的空，是基于‘有’而产生对立的空。”

明月举了一个《老子》的例子：

天下皆知美之为美，斯恶已；皆知善之为善，斯不善已。故有无相生、难易相成、长短相形、高下相倾、音声相和、前后相随……

“众生皆有对立之心，执着于‘有’，才会产生和‘有’相对的‘无’，此非究竟空。”

鸩思想起，以前在地球联邦时，曾经在高中物理学过宇宙论，提及中古时代有“大霹雳”宇宙论，叙述最初的宇宙，是由一个超高密度火球的激烈膨胀而开始的。

那么，在大霹雳之前呢？依照量子论的推论，那是一种‘无’的状态。

其时，时间和空间不存在，但却充满了不断的细微振动。

鸩思想象那许许多多的振波，或许就像一大堆嘈杂的窃窃私语遍布虚空。

鸩思将这想法告诉明月：“这仍不是空吗？”

明月说：“那更连空也谈不上了。”

鸩思闭上眼，试图让空的意象浮现，回溯一下平日静坐时体会到的空。

“去看《金刚经》吧。”明月说。

《金刚经》不长，总共五千余字，平日在寺院也有念诵的，如此重复的念诵，以他在地球联邦超级优异学生的身份，三两下便背完了。

问题是，即使背熟了，还反复念诵了数十遍，他仍旧不懂。

他发起狠来要弄懂，于是在每日功课和工作之余，便找个避开严冬寒风的地方，静心背诵《金刚经》。从以前到现在，他从没有搞不懂的知识，也还没有弄不清的文字，一部那么古老的书本，他怎么会输给它呢？

他记得，在证因寺，他最早认识的是慧施，一位刚从沙弥升级为比丘的年轻人，他看来庸庸碌碌，但是当他静坐时，连奥米加也说慧施具有奥米加的能力。

以他鸩思之聪明，只要努力，岂不进步神速？

他知道那个老头儿懂得比他多，如果他向明月讨教，相信很快他就会超越明月了。

“师父，”他问明月，“《金刚经》里面，世尊说：‘凡所有相，皆是虚妄，若见诸相非相，则见如来。’是说世间一切眼睛所见的，亦即‘色’，都是假的吗？可是明明它们全都存在呀？”

明月打了个大喷嚏，鼻水马上沿着人中流了下来。

“头晕得紧，老衲恐怕是得了风寒了。”说着，明月便闭上眼，开始打呼起来，也不理会鼻水沾到僧袍上了。

明月没回答，鸩思只得依旧每天埋首念经，却总念不出个什么来。

念着念着，证因寺里已经煮起腊八粥了。

鸩思见香积堂（厨房）里比平日更忙，沙弥们忙着浸泡糯米、红豆、小米等的豆类、谷类，加上清甜的桂圆，煮了大锅热水，将这些材料一股脑儿抛下去。香积堂的热闹，将外头的寒意驱除了大半。

“这里那么忙，为的是什么事？”他问一同在香积堂忙碌的沙弥。

“你不知道哇？明儿是十二月初八，要做浴佛会，咱要煮七宝五味粥哇。”

鸩思心里蛮高兴的，因为那粥仅仅看样子就觉得很好吃了。

第二天忙了一天的佛会，鸩思没去找明月。

佛会完毕后，又忙着收拾整理，鸩思也没空去找明月。

直到子夜，鸩思已是精疲力竭了，才回到僧寮。

明月正站在寮房外，不知是不是在等他回来。

他正合着眼，寒风从侧面吹着他，身子被风吹得微微摇动，他却像是一点感觉也没。

“师父。”疲累不堪的鸩思怕明月冷坏了，叫了他一声。

明月睁开眼，缓缓说：“回来了吗？”

“累极了。”

“太好了，你且试试闭上眼。”

“师父，我想歇了。”

“且闭上眼。”

鸩思叹了口气，只好合目。

“你闭上眼了，那么再试试让心静下来。”

鸩思觉得眼前一片漆黑，只有僧寮透出的豆大灯光，让视线糊了一片光雾，在这种情境下，心应该很容易静下来的。

但他静不下。

不，他静不下。

越是想静，竟越是静不下。

“为什么呢？”他心里自问。这一慌，更是杂念纷飞，如同大雪满天，片片白晶在眼前掠过，遮去了后方景色。

“杂念很牢固吗？”明月不经意似的说，“据说一刹那便有九百个生灭，九百个念头生起又灭去，间续不断，是真的吗？”

鸩思努力要压抑念头，尽力要让心静下来，陆续不绝的思绪却像恶作剧似的越涌越多。

“你的身体已经那么累了，心思可还活络得很呢。”

“师父，”鸩思睁开眼，“这跟我所求的，又有何关呢？”

“你求什么？我忘了。”

“我求的是神通，是奥米加的能力！”

“原来如此……”明月恍然大悟似的说，“那么你更加应该去了解什么叫空了。”

“了解什么叫空，就会有神通了吗？”鸩思皱着眉、咬着牙问道。

“且让老衲想想看……”明月真的低头沉思起来了。他边走边想，信步踱到寮房的一面墙边，他瞧了瞧墙，问道：“这是一面墙吗？”

“当然。”

“其实它是空的。”

鸩思没力气地一笑。

“你不相信？”

鸩思摇摇头。

“好吧。”说着，明月伸手触摸墙壁。

忽然之间，明月的手没入了墙内，先是手指没入，接着整只手臂都伸了进去。

寮房里传出了怪叫声，里头的沙弥和比丘们喊叫了起来：“有鬼！”“妈呀！哪里伸来的手？”

明月将手缩回，口中直道：“这外头天气可还真冷，还是寮房里头暖些。”

鸩思看得目瞪口呆，嘴里一直想说话，却一个字也吐不出来。

明月缓缓说：“我要回去照看云水堂了，你也别冷着了，回寮房去吧。”

“师父！”鸩思终于说出了两个字。

明月止了步，半垂着松垮的眼睑，说：“赶明儿早起，早课时有念《心经》，你且背起来，有空就念。”

“那《金刚经》……”

“莫急莫急，先念《心经》好了。”

“可是……”

“你所执着的那个未来，尚未发生，你所执着的那个人，也尚未出生，你所厌恶的那个时代，连影儿也没见着，甚至是你，也要在一千多年后才会出生，”明月一口气说了一大堆，“所以，你急啥？”

鸩思怔在寮房门前，再次一个字也无法从口中吐出来。

“先念《心经》好了。”说完，明月便离去了。

## 年表

“计算机是不是坏掉了？”λ16798K不禁怀疑。

视讯目镜的屏幕上，依旧是那两排字：

历史研究院数据库·高级研究专用

她很清楚地知道，那不是她这种连研究员的身份都尚未具备的人该进入的区域，进入这数据库会遭到消灭的危险，这不值得。

这是一种试探吗？地球联邦忠诚度的试探吗？

λ16798K不知该不该再将身份辨识卡抽回，从昨天到今天，她已经试了不下十次了，计算机仍坚持让她进入高级研究专用的数据库。

“请重新识别身份，”她要求计算机，“我是λ16798K，应该进入初级数据库。”

“辨识完成，”耳机传来悦耳的女性声音，“λ16798K身份确定进入高级研究专用数据库。”

“好吧……”她舔舔唇缘，试着输入关键词：地球联邦。

视讯目镜的屏幕显示搜寻结果，共有十二余万笔数据，λ16798K懊恼地想了一下，又加了复合关键词：重大事件、年表。

屏幕浩浩荡荡列出了一个长长的年表，一直列到地球联邦10587年为止。

地球联邦10587年日本列岛火山集体爆发，引发大地震，本州岛岛面积减少三分之一。 详细资料

这个她已经知道了，她想知道更久更久以前的，比如说地球联邦

零年或元年的事件。

她将时间柄往回拉，年表上的年代开始逐年倒退。

地球联邦10572年南美洲704保留区发现“反联邦”基地，已遭联邦自动部队悉数歼灭。　详细资料

那是她被妈妈领养那年发生的事，那年她才四岁。

她正打算往后看，忽然，屏幕霍地收缩成一个光点，消失了。

“又怎么了？”这里的计算机似乎对她不太友善，打从一开始就没顺利地好好用过。

她转头看看后面，那个也是新入学的书呆子埃布尔一λ15M正专注地看着计算机，他每天一定来搜寻上五六个小时，最早交作业的想必会是他了。

看来果真只有她没法子好好地用计算机。

λ16798K戴回视讯目镜，发现屏幕已经回复正常了。

“怎么搞的？”

不对。

屏幕上显示的是：

地球联邦极秘数据库·备份

授权用户：第一主席

怎么搞的，明明没想过要进来的，看来计算机真的坏得很严重。

“什么是第一主席呀？”听都没听过，她只想快快离开这个数

据库，可是无论她怎么努力地敲键盘，键盘却像聋子似的一点反应也没。

λ16798K急坏了，一手从凹槽中强行抽出身份辨识卡，但屏幕还是没自动关掉。

λ16798K急疯了，她还年轻，还不想无故触犯地球联邦而“消失”，她赶忙要扯下视讯目镜。她猛然呆住了，屏幕上忽然出现了她的编号。

λ16798K　三位一体：21／100

卵子：θ83405761精子：θ81402028

她冒出了一身冷汗，完全猜不透屏幕上的意义，为什么她的编号会出现在这里？为什么妈妈的编号会出现在这里？

难道组成我的卵子是由妈妈提供的吗？也就是说，妈妈不是养母，妈妈是确确实实的妈妈吗？如果这样的话，那么那位精子提供者……那位爸爸，又是谁？

屏幕又变换了，这次是显示沙也加—θ83405761的资料。

“妈妈……”

沙也加—θ83405761

地球联邦10535年　诞生，收编联邦育幼中心

地球联邦10540年　被松木—β5758、奈洛莉亚—γ8008夫妻收养

地球联邦10549年　进入粮食局配给部门工作

地球联邦10550年　与θ81402028开始交往

“原来如此……”λ16798K明白了，那个精子提供者，那个爸爸，曾经是妈妈的爱人。想到这里，她忍不住一阵寒栗，“难道我是个野生人类？”不，她不能接受，经由自然生殖被生下来是多么可怕的一件事！她才不愿意成为这种可耻的生物。

她不敢多想，赶忙屏息看下去。

地球联邦10553年　被转调入历史研究院，专题研究工作。

地球联邦10557年　与约翰—η4103结婚。

地球联邦10572年　丧夫。收养λ16798K（4岁）。

地球联邦10582年　消失。

“什么叫消失？”她当然明白，“妈妈消失了吗？”不可能，明明今天早上还做早餐给我吃的。

可是根据极秘数据库上的纪录，妈妈早在五年前就消失了！

“什么意思？”一股深深的寒意爬上她的背脊，忽然之间，她开始怀疑起四周的一切，她不相信计算机，即使数据库的纪录是万万不会假的。

屏幕上的“消失”两个字，特别地显眼，似乎整篇个人简历表就是为了“消失”两个字而写似的。

正在胡思乱想间，屏幕猛地闪了一下，列出了一行新的字：

历史研究院数据库·初级研究专用／退出

λ16798K回复神志，马上用力扯下视讯目镜，将身份辨识卡收回口袋，疾步离开数据库。

在一旁查资料的埃布尔一λ15M似乎感觉到气氛有些异样，他只抬头看了一下，又继续回到计算机数据库去，为作业寻找更多更好的数据。

## 心之砂

“妈妈被消灭了？妈妈被消灭了？”λ16798K一边走路回家，脑子里一边翻来覆去地出现这个句子，“那是不可能的……难道可能吗？”

她急于知道答案。

一个养了她这许多年的人，不是妈妈会是谁呢？

不过她记得，五年前妈妈的确有个大转变，原本神经兮兮的她忽然变得温和得不得了，压根儿就是另外一个人似的。

或许事实上那真的不是妈妈。

她极力回想，却想不到除了性情转变之外，妈妈还有什么是跟以前迥异的。

她真希望她没去碰那台计算机，她真希望她从来没进过数据库。

λ16798K穿过一片草地，经过一棵大树之后，正好能够遥遥见到家门。

她有不好的预感。

因为她看见门口站了一个人，是阿姨，是妈妈的密友，也同样是历史研究员的苏一η99907。

苏一η99907通常应该傍晚才出现的，现在还不是傍晚，甚至也还不是λ16798K应该离开研究院回家的时间，她是一直被那个问题纠缠着，烦恼得什么事也做不下去，才会告假回家的。

她还记得，刚才向院长请假时，院长厄俄斯福洛斯一ι7144321那双滑溜溜的贼眼在她身上打滚的恶心感。

“亲爱的，你刚才不是在数据库玩得好好的吗？你不会是那个来了吧？”

要不是他是院长，她好想揍他。

“刚才在数据库有没有顺便查查看，我的名字厄俄斯福洛斯是什么意思呀？”院长一面签字一面说。

院长才刚签完，λ16798K马上取回告假单，“谢谢”还没讲完，就已经奔逃离开院长室。

好像除了她自己之外，其他人都比她还清楚她的一举一动。

尤其是阿姨！

为什么阿姨会在门口呢？她不想见到她，现在她一点也不想见到她。

但她需要一个答案。

苏一η99907比她先开口了：“你看到了？”

“什么？”她尽量保持和颜悦色。

“沙也加，你母亲的资料。”

她冲口而出：“是你让我看的吗？”

“不，”苏一η99907很有教养地控制着呼吸，如往常一般不急不躁，“不是我，也不是任何人。”

“那会是谁？难道是数据库的意思吗？”

“你以后会明白的。”

“我还有以后吗？我看到了极秘数据库，我也不知道谁是第一主席，不过我会被消灭不是吗？阿姨，我快要被消灭了，为什么你还要敷衍我呢？”

“我没有在敷衍你，”苏—η 99907忽然感到一阵伤心，赶忙闭上眼睛，“我没有在敷衍你，阿姨想告诉你很久很久了，可是我不能说，即使我是第一主席，我也不能说。”

λ 16798K愣住了：“阿姨是第一主席？”

“你以后会明白的。”

“我现在就想要明白！”λ 16798K激动地抓着苏—η 99907的手臂，“阿姨，我现在……”

“在祂打算告诉你以前，谁也别想事先知悉！”

“阿姨……”她看见一滴泪珠，正徐徐自苏—η 99907眼中滑落。

“祂是全能全知的……祂操纵全人类的命运，祂甚至是人类的创造者，我是人类中的第一主席，而祂是我的母亲、我的父亲、我的主宰者。”

“祂是谁？”一个更大的疑惑，挤入λ 16798K已然混乱不堪的脑袋。

“时候来的时候，你终究会知道。”苏—η 99907擦拭着泪水，“现在，我们要关上她了。”

“你是说我妈妈吗？”

“她不是你妈妈，沙也加—θ 83405761已经在五年前被消灭了，暂时替代她的，是一个生化人。”

“什……什么是生化人？”

“半人半机器人，或是半人造人半机器人，她被输入了所有你母亲的记忆，阿姨每次来你家，为的就是检查这个生化人的功能，好让‘它’继续运作……”

“好继续欺骗我。”

苏一η99907不回应她的话：“现在，她的任务已经完成，我们是该关掉‘它’了。”

“我不要。”λ16798K颤抖着身子，一时泪如泉涌。

“去吧，从今天开始，你将跟我住在一起了，”苏一η99907拿出一条项链，上面挂了一个心形的小玻璃坠子，里面装了一点砂，“这才是真正的沙也加一θ83405761。”

λ16798K接过项链，泪汪汪的视线看不清楚玻璃心中的骨灰。

“开……”她吸了一下鼻涕，“开关在哪里？”

“这里。”苏一η99907转过身来，压了压后脑勺，“这里连压两次。”

λ16798K手中紧握着项链，打开家门进去。

“妈……”她尽力压抑哽咽的声音，“我回来了。”

“回来啦？”沙也加一θ83405761的声音自厨房传来。

“妈，”λ16798K更用力地握紧项链，“你在做菜吗？”

沙也加一θ83405761背向她，手中不知在忙些什么：“我在准备晚上用的烤鸡呢。”

λ16798K慢慢走近她，屏着气，害怕泪水模糊了视线，看不清楚后脑勺。

“怎么了？你今天好像比较早回来哟？”妈妈的声音还是那么温柔，那么善解人意。

“我不太舒服，所以请假……”

“没怎么样吧？你不常生病呢。”沙也加一θ83405761没回头，继续切着砧板上的蔬菜。

“没怎么样，我回来后，好多了……”λ16798K咬着下唇，她实在不愿意去看自己正徐徐向妈妈后脑勺伸出去的手，“再见了，妈妈……”

λ16798K吃了一惊，她刚伸出去的手，猛然被抓住了。

沙也加一θ83405761抓住她的手，满眼怜爱地望着她。

“记住了，乖女儿，”她微笑着说，“会后悔的事别去做。”

说着，沙也加一θ83405761迅速将手伸去脑后，猛压两下。

她仆倒在地，四肢抽搐了一下，皮肤的血色开始渐渐褪去。

λ16798K不敢正视妈妈的眼睛，因为妈妈的眼中正泛着泪光。

她紧紧握着项链，任玻璃心刺破她的皮肤，任血沾满手心。

她就是不要哭，不要哭，不要哭，绝不哭。

为了妈妈，她不能哭。

第三章

/

# 四门游观

譬如大海一人斗量，经历劫数，尚可穷底。

人有至心求道，精进不止，会当克果，何愿不得？

《无量寿经·至心精进第五》

## 邸报

过了立冬，天气愈发寒冷了。

“唏，这天要冷到什么时候呀？”僧寮中有人这么抱怨道。

的确，以往在地球联邦，鸩思从未经历过这么冷的天气，他冷得唇色发白，手脚止不住抖动，感觉上这股严寒像是会永无休止似的。

寮房中摆了两个火盆，盆中燃烧的枯枝无力地吐着火焰，时而发出痛苦的噼啪声。

要这两盆苦闷的火焰，为寮房中二十余位僧人提供温暖，恐怕是勉强了点。

有人取来一叠纸，想要添加在火盆中。

“那么一点纸，一烧就完了！”也有人不以为然，“还是添些树枝较稳当。”

“啊，犹记得，《六度集经》有这么一句话：夫有必空，犹若两木相钻生火，火还烧木，木火俱尽，二事皆空……”

鸩思一听，这话很有道理，瞧瞧说话的人，原来也是个年轻的沙弥，不过他非常精进，听说他剃度之前就已经看了不少佛经，家里有点钱，这么个冷天还有件暖烘烘的大棉袍穿，怪道会有力气说话。

原本要烧纸的人走向鸩思，将纸递给他："师兄，听说这是你出家的因缘，是吗？"

鸩思不明白他说什么，低头一瞧，只见纸上抄了密密麻麻的字，一角有两个大字："邸报"，这是京中官报的抄写版。

"这是什么？"

"王恭厂灾变呀。"

一听见王恭厂，刹那间寒意更强了，鸩思忽然觉得毛骨悚然，恐怖的记忆一波又一波袭来，令他猛然哆嗦起来。

这就是灾变的原始文件吗？这就是他在历史研究院参阅过的那份文件吗？

"谢谢师兄。"他抖着手将邸报拿过来。

证因寺上上下下几乎都知道鸩思是谁，他是"来自未来的人"，而且还预知了灾变的发生，只是没有人看作一回事，因为除了当成茶余饭后的话题外，这件事一点也不重要。

凭着火光，鸩思轻声念出上面的日期："天启六年五月初七"，这是灾变次日的纪录，是由当时的通政使所编汇的。

泛黄的纸张上看不出灾变当日的惨状，每一个惊心动魄的字眼，看起来都像是跟自己毫不相干的墨迹。

要不是因为这件事，他也不会选择来到这个时代。

在史料严重不足的情况下，他还以为这件事足以促使整个中国古文明的终结。

不过还很难说，历史往往不是一两年可以看出变化的，历史是符合混沌理论的，一个小小的雪球，总有越滚越大的机会。

凭着微黯的火光，他开始读起《邸报》上的文字。

抄写的人或许急了点，墨汁在纸上歪歪扭扭的，还有不少错别字，连他这个来自未来的人都看得出来。

“天启丙寅五月初六日巳时，天色皎洁，忽有声如吼，从东北方渐至……”

虽然这件事发生在盛夏，但在这严冬读起来，却是分外贴切。

“京城西南角灰气涌起，屋宇动荡。须臾，大震一声，天崩地塌，昏黑如夜，万室平沉，东自顺城门大街，北至刑部街，长三四里，周围十三里，尽为齑粉。”

那声撼天动地的巨响，即使是数百年后，依然存在于京城居民的记忆里头，诉说着当年的某个晨间，忽然死去的众多生灵。

“……屋数万间，人二万余，王恭厂一带，糜烂尤甚，僵尸层迭，秽气熏天，瓦砾盈空而下，无从辨别街道门户，伤心惨目，举国如狂。”

他还记得，在灾变发生之前，他是多么地想让人们知悉这场地狱之境，他还企图阻止这场大劫。

“遥望云气，有如乱丝者，有五色者，有如灵芝黑色者，冲天而起，经时方散。”他还记得，当时他日夜牵挂的爱人沙也加，正好在他面前，聆听他诉说那场即将发生的灾变，身边还有奥米加们……

他吸了一下鼻涕，泪水已然自眼眶倾出，没有人发觉他在哭，因为大家也正被寒风弄得鼻水乱流呢。

那个沙也加是假的，是个灌入了记忆的生化人，即使如此，她死在他眼前的那段记忆依然如熔铁般铸在他的脑海里头。

真正的沙也加，我深爱的沙也加，仍旧好好地活在未来吗？

他恨。

他恨地球联邦，恨地球联邦将他规定为不得生存的“纯种”，恨他们将他和沙也加的爱情恣意玩弄，恨他们残害他的父亲，恨那批背叛他的奥米加三代，然而他更恨的是……

灾变发生时，他已经被奥米加三代所杀。

但他又活过来了。

他不知道他为什么会活过来，他自惨烈的濒死之中复苏，身边有一位衣衫褴褛的出家人，满腮鬓须，用一口流利的联邦语告诉他：“你完成了历史，所以顺天府才爆炸了。”

他不明白他不明白他不明白！

他不明白那比丘为何口操联邦语！

他还不明白为何那比丘跟他一样有一对蓝色的眼睛！

他更不明白的是，为什么会是他完成了历史！

“因为我，所以才会死了两万多人吗？”这是他最痛恨的事！

他低头哽咽，烫热的泪水一面变凉一面流下脸颊，没有人理会他，因为大家都是出家不久的沙弥，偶尔有人忍不住想家是常事，何况是这种大冷天，见怪不怪。

“对不起……”他低声向《邸报》中的两万名死者说，“对不起……”

见鸩思在一角表情变化万端，旁边有人小声道：“唏，那厮常跟那懵头懵脑的老师父混在一块，也变得痴傻了。”

众人不多说话，只往火盆旁边靠拢过去。

## 慧施

鸩思当初是在证因寺忽然出现的，他赤身裸体出现在大殿上，昏迷不醒。当时照顾他的，是刚从沙弥升为比丘的慧施，还有负责云水堂的明月老和尚。

他趁着有阳光，还耐得住寒，便拿着那份《邸报》快步走去找慧施。

他心里有些疑惑，想问问慧施。

一见面，慧施首先问他了："正思，出家还习惯吗？"

出家？他的家远在一千多年后的贾贺乌峇，他没有回去的方法，即使回去了，恐怕也是死路一条，他不知道这算不算出家。

于是，他不置可否地敷衍两声，然后取出《邸报》说："慧施，你可还记得这件事？"

慧施将《邸报》拿过来，逐字逐句看了起来。他自小无亲无故，被和尚收养在寺中，随着大伙儿念经，也慢慢学会了看字，只是平日少读佛典以外的文章，所以读起来还是慢慢的。

"呵，你说王恭厂灾变吗？"慧施又将纸递回给鸩思，"这年头京师灾变特别多，天灾人祸一件接一件，你不觉得吗？"

鸩思居住在这个时间、这个顺天府城还未满一年，他当然不知道以往天灾多不多，不过，无论从什么角度看，这里天灾的确是不少的。

慧施告诉他，从去年冬天开始，扬州便发生大旱灾，一直到今年春天，江淮南北一滴水也无，河床干得见底，昔日沃土成了沙尘。

老天爷要人活不下去，可是千方百计。

到了七八月间，蝗灾大起，满天蝗虫遮了日头，跟人争夺最后一点谷种，人们只好吃树皮、吃草，还吃人，一个馒头换妻子，两个馒头换儿子。饿的时候，什么吃不下？

天启六年，天灾好多。

五月初六，京城内发生大灾变，一时，顺天府辖区内全都感到地震，内城西南角王恭厂爆炸，天崩地裂，白昼陷入一片昏黑，屋宇倒塌，内城四分之一全毁，两万余人丧命，爆炸威力将人体碎肢从城南炸到城北，还有灵芝状的云朵冲上天空。灾变中，连皇城也被波及，城墙崩塌，天启皇帝还差点被瓦片击中死去。

顺天府的灾难并未就此停歇。

五月二十一日，内城西北的朝天宫大火，那里是百官训练礼仪的地方。一百二十余间殿廊房屋，悉数化为灰烬。

同时，京城附近一带连日大雨，河堤决裂，民房、官仓全被冲毁，农田淹没。

接着，京城也下起了大雨，从六月二十八日一直下到闰六月初三，城中水深六尺，房屋倒塌。

鸩思记得，这只不过是半年前发生的事，他还记得寺中上下全在忙着打水，大殿地板也被水淹入，水退后一片泥泽，大家还清理了好几天。

霪雨连下了几天，到了初一日半夜，水势超过了极限，大水从西城门灌入，仓中米粮被冲入河里，淹死百姓无数，尸横遍野。

至此，京城西半部经历了爆炸、地震、火灾和洪水，已经差不多完蛋了。

旱、蝗、震、火、水诸灾一时轮番上阵，各地民变纷起，杀官劫粮，朝廷派兵镇压，官兵又是豺狼虎豹，杀、抢、奸、火随军附送，四方犹如堕入了修罗场。

慧施越说越悲伤，不禁流下两行泪水，“好冷。”他说，随即将快要凝成冰条的泪水拭去，“你找我是有什么事吗？”

“这个是你吗？”鸩思指着《邸报》上的一行，上面写着灾变前发生的事：“初六日五鼓，东城有一赤脚僧，沿家呼曰：快走！快走！快走！”

慧施点点头：“当时，我们不是在破屋里吗？你和那位女施主说话，旁边也围了好几个光头的汉子？”

“那些人是奥米加。”

“我不知道你说的是什么，不过……”慧施打了个哆嗦，显然不是因为天寒，而是因为唤起了恐怖的回忆，“当时忽然涌来一堆念头，好多好多恐怖景象在我脑中出现，不知为何，我知道那是将要发生的灾变。”

“那些也是奥米加干的，他们将意念灌入你的脑中。”

“我太害怕，我心里所想的只有警告大家，当时脑海里尽是一片空白，我只管冲出去。”慧施回头看他，“为什么你要让我想起这件事？”

“我想问你一些事。”

“请问吧。”

“你有神通吗？”

慧施扑哧一笑：“我连初果都未证，何来神通？何况佛祖劝诫不谈神通，以免妨碍修行，即使有，我也不告诉你。”

“可是奥米加说你有，当你打坐时，他们感觉到你有。”

“真的吗？或许是偶尔一现吧？”慧施搔搔后脑，“神通并不神，只是人为六尘所蔽，不见自性，自性见了，神通自现，回复本来而已，一点也不奇怪。”

“如果有神通，你能到达过去未来吗？”

“你不是说自己是从未来世界来的吗？那你又怎么来的？”

“那些奥米加送我来的，他们一组有八个，当他们一起集中意念时，就能把人送到过去的世界，”鸩思摇摇头说，“不过这十分危险，稍一不慎便会当场死亡。”

虽然慧施不是第一次听他这么说了，可是每一次听他提起时，总忍不住会用异样的眼光看鸩思。

“你想要学习神通，为了能到过去未来吗？”

“是的。”鸩思很认真地盯住他。

“那你只有勤修行，待你证了四果阿罗汉，你想要没有神通也很难。”

“证四果阿罗汉要多久？”

“有人一生也证不了，有人不到十岁就证果了，这恐怕要看福报了。”慧施说，“只有修行，亲自用身体去验证才是方法，只要开始了，就没有达不到的。”

鸩思叹了一口气：“你说的怎么跟明月师父一样呢？”

“道理本来如此，明月师父修行数十年，体会更深。”

“难道没有更快的方法吗？”

“有的，”慧施说，“外道有借助鬼神之力显现神通的，不过都只是惑人眼目、迷人心志的小神通，要能通过去未来的大神通，非老老实实修行不可。”

鸩思心里有些失望：“可是奥米加们的年纪都蛮轻的。”

“甭忘了，如你所言，他们要借八人之力才得送你过来。”

“佛陀也在三十余岁便悟道了。”

“佛陀是因缘具足了，才得以在这一世成佛，你可知道？佛陀之成佛，可是经历了三大阿僧祇劫方得圆满吗？”

“三大阿僧祇劫？那是什么？”

“那是一段很长很长的时间。”

“有多长？”

慧施摇摇头：“我忘了，我忘了，不过无论有多长，未来还未到来，未来也不会溜掉，它终会来的，你无须急躁。”

“我不急，我不急，只是三大阿僧祇劫究竟有多长？”这个名词愈发激起鸩思的好奇心了。

“嗯……”慧施苦思了好一会儿，“我记得在《华严经》里头有，你去查查看好了。”

鸩思要了经名，记在心里，打算马上要到藏经处去看看。

“你厨房里的工作这般耽搁，香积堂的管事和尚不会骂吗？”

慧施一句话惊醒了他，鸩思口中喊了一声“糟了”，赶忙拔腿朝香积堂奔去，心里早已准备要好好挨一顿骂了。

## 奥米加

“今天，我要带你去一个地方。”

一大早醒来，苏一η99907便这么告诉她。

λ16798K已经过了一旬没有妈妈的日子了，现在苏一η99907仿佛便是她的母亲，每天还是像妈妈以前一般照顾她，不过她也不是小孩子了，她已经十九岁，法定停经日也早过了一周年了，享有自由性爱权了。

这几天以来，她也认识到苏一η99907的真正身份，是阿姨亲口告诉她的：“统治地球联邦的，是十二人席会，我是十二人席会之首，他们称我为第一主席。”不过，这件事只能让她知道，其余的人一旦知道，就必须被消灭。

既然如此，为什么要让我知道呢？

守着一件秘密，是一个多么沉重的压力，况且秘密还不止一个。

今天她又将被迫知道另一个秘密了。

因为阿姨说，今天要带我去一个地方……

当车子无声无息地停在一栋建筑物前面时，λ16798K在皎白的墙壁上找不到一点记号，让人可以猜出一丁点儿里头的真面目。

她不发问，她知道答案迟早要公布的。

苏一η99907带她穿入大门，大门一感应到有人通过，马上发出声音：“地球联邦万岁。”

两人也很自然地回应：“地球联邦万岁。”

她们正准备穿过一道长廊时，一个机器人飘浮过来，它像一尊希腊女神的雕像，冷硬的脸孔中发出不搭调的柔和声音：“这里是限制区，请问我可以为你们服务吗？”

“我是苏一η99907。”

机器人发出一阵嘶嘶声，然后才说：“声纹分析完毕，身份确认，欢迎光临，特洛伊六型恳诚为您服务。”唠叨了一堆之后，它便移去一旁静止不动，仿佛一尊装饰用的雕像。

她们进入长廊，走到末端时，只见一大幅漂亮的风景画，画的是南欧乡下的庄园风光，画中的树叶被轻风拂动，发出静谧的沙沙声，画中的小溪也水声潺潺，偶尔还有鱼儿在水面跳跃。

λ16798K等待着，她知道阿姨不会只是为了带她来看画的。

“我是苏一η99907，请让我通过。”

风景画忽然吱吱作响，一阵静电让λ16798K刹那毛发竖立，接着画面消失，露出一个入口，入口内的墙上写了一排大字：PsiTTC。

“欢迎来到时间旅行任务中心。”苏一η99907说，“这里是通往过去的门槛。”

“时间旅行？”λ16798K从来没听说过这档子事，“那是什么？”

“就是在时间里头自由来去，这早在三十年前已经实现，目前的技术已臻成熟了。”苏一η99907领她步入门内，“整个地球联邦，除了十二人席会之外，知道这件事的人没有几位，其中最清楚技术细节的，要是没有特别命令，也永远无法离开这栋大楼。”

λ16798K感到一阵寒战，难道她年轻的生命已经差不多要结束了吗？“为什么他们无法离开呢？”

“因为他们没有脚。”苏一η99907将手摆在一道门上，作势要推开，“千万不可以害怕，要对他们和善。”

λ16798K看见门上有一个大大的符号：Ω。

她知道那个是希腊字母“奥米加”，是二十四个希腊字母的最后一个，她自己就是第十一代、序号λ（lambda）的人工生殖人类。

为什么是奥米加呢？

她心里头的问题多得她不知该问哪一个才好。

苏一η99907推开门了。

小小的房间沉浸在一片蔚蓝色的光线之中，四边墙壁围成一个八角形的空间，每个角落都有一根巨大的玻璃柱，玻璃柱里灌满了蓝色液体，隐隐约约似乎有什么东西泡在里头。

房间里的空气有点潮湿又有点冷，λ16798K的皮肤铺上了一层薄薄的湿气，令她忍不住有些颤抖。

“第六代奥米加。”苏一η99907向玻璃柱说话了。

“第一主席，您有什么任务要交代吗？”

λ16798K讶异地转头四顾，她没看到任何人，那声音也不是从播音机发出来的，而是自脑子深层直接扬起的。

“她是λ16798K，”苏一η99907说，“我只是要引介你们见面。”

脑海中传来一阵低吟声，像收音机信号不良的声音般振荡了一阵子，λ16798K才听见一把令人安心的声音：“别怕，我们要见面了。”

玻璃柱里逐渐亮起灯光，照亮了里面那个载浮载沉的事物，乍看之下像个水母，待λ16798K看清楚了，才知道那是个人头，人头下方牵连了一根奶白色的粗条，四周漂动着一大串丝状物，显然是脊髓和它所分布出来的神经。

八个人头睁开眼，凝视λ16798K，他们的皮肤因泡水过久而显得浮肿，眼球被肿起的眼皮遮盖了大半。

不过他们无须在意λ16798K长什么模样，因为他们能看见的远比视觉来得更多。

λ16798K并不觉得害怕，只是心里着实不太喜欢看见这种景象，看见八个浮在蓝色液体中的人头，不会是一件令人感到愉快的事。

“对于他们，你有什么问题吗？”苏一η99907问道。

“我可以问吗？”

苏一η99907点点头。

“你不会回答我说：以后你会知道的……”

“我尽量，你该知道我也有不得已……”

“好吧，”λ16798K截道，“我来这里的原因是什么？参观吗？”

苏一η99907深吸一口气，准备要叹息，当她正要开口时，λ16798K马上阻止了她：“好，我知道你的答案了，我问第二个问题……他们是谁？时间旅行者吗？”

“他们是旅行者，不过他们也帮人时间旅行。”

“怎么帮？”

苏一η99907指指自己的头颅：“用意念，单纯用意念，也就是古代野史中俗称的超能力。一个人的力量不够，八个就十分完美了。”

“超能力是什么？”

“去研究院的数据库查查看吧，初级数据库就有了。”

“超能力怎么进行时间旅行呢？”

“这是技术问题了，或许他们可以解释得更清楚。”苏一η99907向八个奥米加人头点头示意，“中古时代已经有人提出时间旅行的理论，例如相对论，这是最多人引用以及讨论的一个理论，不过讨论了许久，也还只是停滞在理论阶段，一直到有人正视一批人的存在。”

“就是奥米加？”

“当然不是，”苏一η99907微笑说，“奥米加是他们的仿效者而已，他们是远古时代就已经存在的一群人，他们锻炼自己的身体、转化自己的心性，然后，他们就出现了超越人类的特殊能力。”

λ16798K感到十分不可思议：“他们也必须只剩下头吗？”

“不，奥米加并不只剩下头，他们还有一段脊髓神经，因为远古的那些人，他们就是借由这根脊髓去完成的，我们现在可以利用医学让奥米加们只剩下需要的部分，其余的累赘反而会影响超能力的精确度。”

λ16798K听得昏昏沉沉，这些突如其来的事件和知识，给了她大大的冲击，她一时觉得脑袋里还有些震荡。

“很荣幸认识你，”声音又从脑中响起了，不知是哪一位奥米加正试图与她沟通，“想必你对我们的历史十分感兴趣。”

“是的是的。”“‘她’不是研究过我们吗？”“啊——那位逃去……”忽然之间，她脑中嘈杂了好几位奥米加的声音，她只皱了一下眉，奥米加们稍稍感觉到她的不快，便马上噤声。

λ16798K的脑海忽然陷入一片沉默，她的听觉皮层刚刚遭到释放了。

一把略带威严的声音又自静谧中扬起了："其实，令堂是研究我们的专家呢。"

"我妈妈——？"

"请节哀，"另一把女声传来，λ16798K转头搜寻，看见有两个人头是女性的，"令堂的死不会是无缘无故的。"

λ16798K睁大眼，感到心绪如海浪般翻腾："他们还知道些什么？"

苏—η99907插话了："第六代奥米加，你们可以读她的心，但别乱说话。"

"别在意，"苏—η99907转头向λ16798K说，"他们都还只是孩子。"

说得也是，λ16798K这才注意到，八个人头都是年轻人，他们怎么样也不超过二十岁。

"今天到此为止，"苏—η99907对他们说道，"再见了，后会有期。"

八根玻璃柱慢慢转暗，房间再度回复一片昏暗。

## 历史

λ16798K戴上视讯目镜，插入身份辨识卡，午夜的历史研究院地下室空无一人，数据库安静得像墓穴，连计算机运作的声音也听不见。

去了时间旅行任务中心之后，她已经按捺不住好奇心，要来这里一探究竟。

阿姨说，妈妈曾经研究过两个重大题目，事实上她是为了被命令研究这些题目，才被调入历史研究院的。

现在，苏一η99907要她接手这两个题目。

“题目名称我先不告诉你，我准许你首先浏览所有你母亲的参考文献，甚至是来自极秘数据库的文献，然后再向我报告。”

向苏一η99907报告很简单，她俩就住在一起。

她开始输入关键词：奥米加。

计算机列出了一长串文献名称……

……《希腊字母奥米加在西方文学中的意义》《巫术符号/第二卷/第十三章：最终的奥米加》《旧约和新约的神话文字系统比较/第二十节：论阿法与奥米加》《奥米加的理论基础》《回顾：奥米加计划所衍生的技术》……

她大约扫视了一遍之后，点选了一篇论文，因为论文作者署名是“沙也加一θ83405761”。

《奥米加简史》，作者：沙也加一θ83405761，呈交日期：地球联邦10581年第三十五旬第十二日

是妈妈消失的前一年年底写的，那时候的她，完全不知道妈妈心里在苦恼些什么，也完全没尝试着去体会妈妈的心情。

根据妈妈的论文，在第一代奥米加之前，有过二十年的研究时期，牺牲了好些人的生命，才发展出在技术上得以初步成功使用的奥米加。

奥米加计划实际上是继承自地球联邦之前的另一个政府组织，这个组织称为“工厂”。

λ16798K记下“工厂”这个名词，打算日后好好研究一番。

工厂的研究计划得力于一批人物，沙也加—θ83405761称之为“奥米加原型”。他们在历史上留下极微细的痕迹，线索不多，只知道他们分布在全世界好几个不同的特殊地点，这些地点跟经纬度有关，但妈妈对这方面尚未深入研究，不过从行文语气来看，这可能原本是她下一篇论文计划之一，但她可能从未有机会完成。

第一代奥米加于地球联邦10550年研发完成，以“大融合计划”的种族平等为前提，八名成员中有各种肤色、种族的成员，男女两性也有。由于时间旅行的高危险性，参与计划的旅行者都是已被剥夺公民权、即将被消灭的人士，直到地球联邦10553年，有一名初级历史研究员θ81402028参与计划后，发生意外，旅行者失踪，并且造成Ω3（第一代奥米加–三号）的死亡。

看到这里，λ16798K不由得吃了一惊！她见过这个序号！

这人是组成她基因序列的提供者之一，正确地说，是精子提供者。

妈妈以冷静的语气写下这段历史，不知道当时会是怎么样的心情呢？她当时知道女儿也含有那个人的一部分吗？

λ16798K继续读下去……

经分析，Ω3并非意外死亡，而是被其余同僚集体谋杀，目的是帮助该旅行者逃往另一个时代。第一代奥米加反叛原因不明，相信是受了“反联邦”思想的荼毒，所以第一代奥米加最后全遭消灭，造成时间旅行任务一度中断。

第二代奥米加很快被训练完成，由于时间仓促，他们并未被去除躯体，也因此容易造成时间旅行的误差。为了避免再有逃脱者，计划中不再使用旅行者，而是由奥米加亲自进行时间旅行。

在奥米加二代的第七号任务中，他们根据沙也加一θ83405761所提供的资料追寻逃逸的θ81402028，但在出发后好几年都没回来，一直到地球联邦10572年，才在奥米加三代回来之前回来。

据奥米加二代的报告，任务之初，当他们在某个时间出现时，误在屋顶上现身，造成三人摔死的悲剧，接着又在另一次与逃亡者遭遇时，被逃亡者重创，引致第二代奥米加仅剩三人，幸存者最后被收编为奥米加训练员。

第三代奥米加与第二代的制作几乎同时进行，完成头、身分离作业，并且在必要时可以让头颅与生化躯体链接，直接履行任务。

奥米加三代也跟逃亡者θ81402028发生直接接触，并且证实了他逃遁到另外一个时代的原因，一如我另一份论文（注：《奥米加一代逃亡事件：逃亡者逃去的时代和原因试论》，论文编号105681809）所推测。奥米加三代也杀死了逃亡者，以免他在过去的时代引起历史变动，不过这项任务也让一名奥米加三代送命了。

“杀死？”λ16798K震撼不小，她注意到这里并不是使用惯常的“消灭”一词，“他真的死了吗？”当她继续往下看时，才明白妈妈遣词用字的用意。

前面提过，奥米加二代比三代早一天回到现代（10572年），他们在一个不明的时代遇上逃亡者，比较两批奥米加的说法，三代所遇见的是刚抵达过去才第四天的逃亡者，而二代所遇见的，显然时间是更久之后的逃亡者。我大胆推测：奥米加三代并没成功杀死逃亡者。

λ16798K松了一口气，屏息了数秒钟。

“爸爸没死。”

这下子，她给自己吓了一跳，她下意识称这人“爸爸”了！

是的，那男人没死，不，他还是死了，经过了这么久远的时间之后，以现在而言，他当然还是死了，不过当时他并没死，在某一段过去的时间范围内，他曾经好好地活着。

妈妈也是，妈妈也曾经活过。

在被消灭之前，她也活过好长的四十七年，但由于生化人取代了她的缘故，在λ16798K的记忆里她多活了五年。

她很怀念妈妈活过的那段日子。

她回到视讯目镜，阅读妈妈还活着时写下的文字……

第四代奥米加，完全是为了一场有去无回的任务而设计的，所以他们履行第一次任务后，就再也没回来过，而第五代奥米加也从没成功抵达同一个时代，以确认第四代是否完成了任务。

λ16798K读到的《奥米加简史》，可以说是奥米加的挫折史。

当初他们被列序为希腊字母的最后一个，可能是地球联邦希望他们成为最终极的完美人种。地球联邦在“大融合计划”的前提下，将所有人种尽情混合，以人工方式生殖，不正是为了创造出最优秀的人类吗？

λ16798K脑袋里出现了更多疑问，太多了，连她自己也承受不了。她需要翻阅更多数据，她感到脑袋正饥渴于这些资料。

她感觉到，不仅她母亲的研究题目隐藏了重重玄机，她父亲的生死也有重大的意义，甚至是连她自己的存在，也充满了疑问。

不过，夜已深，她也累了，现在回家就寝还来得及，她可不想在研究所过夜。

于是，她取下视讯目镜，关上计算机的电源，离开地下室。

当她步出研究院的大门时，沁凉的夜风迎面拂来，还带来一股夜晚的花香。

还有哪里比得上首都贾贺乌沓的生活呢？

她离去之后不久，研究院大门自动上了锁，灯光也逐一自动熄灭。

一队巡逻机器人从墙角的暗门出现，开始清理研究院，顺便进行消毒空气的工作。

## 华严

藏经处有零星的比丘在看经，他们坐在蒲团上，将经书恭敬地放在几案上，仔细地阅读。

只有出家前读过书，或出家后学过字的比丘有能力读经，那个时代的文盲占有很大的比例。也有有心研经的，央求别人教他们识字，否则就得靠识字的比丘读经给他们听了。

见到鸩思进来，管理藏经处的“知藏”（图书管理员）问他有什么事。

“我想看《华严经》。”

“哦？”知藏和尚和善地说，“那是很大的一部经，你要看的是四十华严、六十华严，还是八十华严？”

“咦？”鸩思完全没料到这一问，“那是什么？”

“你要看《华严经》，怎能不知此经有三大部？”

“我……是初出家沙弥，委实不知。”

“好吧。”那和尚也很和气，慢慢告诉他，“《华严经》是一部很长很长的经，从来不曾一次完整地传入中土，所以分成三次传入，三次译本长短不同，最早是东晋的六十卷本，据说原来的梵本有十万偈，当时支法领只从西域于阗国带回了三万六千偈。”“偈”是古印度一种书写文体，文字含音韵，在佛经里常见的一偈有四句。

“唐朝武则天时，实叉难陀又从西域带回更完整的梵本，译成八十华严，它比六十华严又多了九千偈，同时代的法藏大师也因此开创‘华严宗’。”

“那……我看八十华严好了。”鸩思听得一头雾水，他只希望快快找到“阿僧祇”这个名词的意义，心想越完整的应该越可能找到，否则要是六十卷本的翻遍了以后还找不到，还得再去找八十卷本，就太不划算了。

“且慢，还有四十卷本呢，它是在八十华严以后一百年才译出的，这个版本只有《入法界品》一品，不过仅仅这一品便占了原本八十卷本《华严经》的四分之一，而且四十华严单单这一品，就比六十和八十华严的同一品更为完整。”

鸩思心里叹了口气：“如此，知藏师父，不如咱们先看看这三部《华严经》，再做决定好了。”

管理藏经处的和尚微笑着带他去书架旁，指着一大排的书：“这就是了。”

鸩思感到一阵发晕，若将所有《华严经》排起来，他两手连合抱也抱不完，更甭说要好好看完了。

“莫起退心，我过去一天看个两卷，也只要一个月余，便将八十华严看过一遍，”那位知藏和尚说，“只要开始走了，路终有走完的一日，何况这条路还算是短的。”

鸩思想起在历史研究院的时候，查询任何数据，只要输入关键词，按个按键，各种数据就自动呈现在眼前了，何须字字句句去阅读？

不过，或许也正因为如此，他从来没有得到过一个完整的知识，而仅是一堆知识残片的杂烩，他甚至从未仔细看完一本书。

那位知藏和尚是位中年人，样貌平庸，细小的眼睛却是十分炯炯有神。

他见鸩思犹豫不决，便说："过去吾师有开示，《华严经》有个读法，可先读八十华严，读到第六十卷便是《入法界品》，此品甚长，刚才说过占全经四分之一，但不及四十华严完整，四十华严里只有《入法界品》一品，说的是'善财五十三参'以及'普贤菩萨十大愿'，所以又称《普贤行愿品》。是以，八十华严读到第六十卷，便可以改读四十华严，如此便一共读完九十九卷《华严经》，可说是最完整了。"

"只要读，就终有读尽的一天吗？"鸩思望着一整排庞大数量的经书，近乎喃喃自语地说。

"当然，我佛历三大阿僧祇劫方成佛，世界生灭无数回，不也成佛了吗？"

又来了，他又听见那个名词了。

"好吧。"鸩思伸手将一大函十卷取下，搬到几上打开，翻开第一卷，深呼吸一口，"谢谢师父，我要开始读了。"

此刻在他的脑海中，查不查"阿僧祇"已经不重要了，有没有神通也不怎么重要了，沙也加—θ83405761的影子也没去脑后了。

此刻他要面临当下的挑战——读完《华严经》。

## 埃布尔

“λ 16798K。”

“是。”

“你还不打算取个名字吗？我比较方便叫你，只叫数目字很难记呢。”

初级研究员的课程都是由查史者上的，他们在研究院中的阶级最高，也大多是年纪比较大的人，也老是挑λ 16798K还没取名字的麻烦。

“老师，我还不想取名字。”

“不想？为什么？”

λ 16798K很讨厌这种问题，她老是被问，已经被问得很烦了，她很想说：“关你什么事？”但她还是尽量和气，毕竟对方是老师：“老师，我觉得时机还没到。”

“时机？”老学究模样的老师推了推镜架，“对了，有关你的功课……”

“糟了！”λ 16798K心里一惊，她这几天来一直忙着研究母亲查阅过的数据，每天都在数据库待到半夜，压根儿忘了功课这回事，她还记得题目是要查询地球联邦实际上有多少年历史。

“老师，我……”

“你写得还不错，以你能够得到的数据而言，已经很难得了。”

λ 16798K愣了一会儿，不明白老师的意思，她完全没去查那个资料，更别说动手写过那篇功课了，她不明白老师说的究竟是什么意思。

“倒是你，埃布尔—λ 15M。”老师一脸不快地转向那名书呆子，“你到底忙些什么？怎么到今天还没交功课？”

“对不起老师……”埃布尔—λ 15M垂下头，厚重的镜片下是昏黑的眼袋，“今晚我一定会传去您的信箱。”

骗人！λ 16798K不相信，她明明看见埃布尔—λ 15M每天都很努力地在查资料。

不过回想起来，自己不也是很努力吗？只不过是在忙功课以外的事罢了。

莫非埃布尔—λ 15M也是……？

“老师！”λ 16798K举手发言了，“我每天都去数据库，也每天都看见埃布尔在忙着查资料，他……”

“谢谢你，λ 16798K。”埃布尔—λ 15M赶忙截道，“是我的错，老师，我快写好了，还差一些，今晚一定送过去。”

“你说了要算数。”老师不再多说，开始上课。

λ 16798K知道自己的确没写功课，这一点是不可能弄错的。下课时，她想向埃布尔—λ 15M问个清楚，却被他避得远远的，好像对她感到害怕似的。

她到地下室去查数据，也没见到埃布尔—λ 15M出现。

## 四门

这一晚，她比往常早回家，回到家时，苏一η99907正在喝花茶，满室溢香，薰衣草的香气令人心情轻松了起来。

“要不要来一杯？”这么问时，苏一η99907早已倒好一杯在等她，并示意她在桌边坐下。

自从知道妈妈去世之后，她对阿姨就有些怕怕的。

面对着统理地球联邦、位高权重的阿姨，心里总是七上八下的，即使阿姨待她非常和善。

“今天，”苏一η99907先说话了，“你在研究院遇到了一点小问题吧？”

阿姨是第一主席，什么都知道，没有什么能够瞒过她的。

“功课是埃布尔一λ15M帮你做的。”

“什么？”λ16798K不敢相信，“为什么？他有什么理由？”

“我命令他的，而且以后你的一切功课都将会是他的功课，你只要去忙着研究妈妈的事就好了。”

“为什么？”

“那些功课对你而言，完全是浪费时间，你未做的、当做的、将做的事太多了，有埃布尔为你代劳就好了。”

λ16798K无法理解：“为什么他必须……”

“这是他的工作，他的身份就是你的影子，他跟你一起上课，学习你所学习的，为你完成一切功课、研究和报告，好掩饰你真正的身份。”

“我不懂，我的身份不就是一位初级历史研究员吗？我自己难道还有什么秘密吗？”λ16798K愠怒地站起。

“正是。”苏一η99907完全无视于她的激动，小心地呷了一口热茶，“连你自己也还没知道的身份，许多人都是如此，当时机未到时，都还无法明了他在这世间的身份，我当年也是如此。”

“阿姨当年……”是的，阿姨也以一位查史者的身份在历史研究院活动，只有极少数人知道她第一主席的真正身份。不知道在这之前，她又是以哪一种身份生存呢？

“你听过佛陀吗？”

“不知道。”

“他是远古时代的印度人，”苏一η99907呷了一口茶，打算慢慢说，“他本来是一个‘国王’的儿子，国王就是统治邦国的人，所以佛陀将来也要当个国王的。可是有一天，他知道了自己真正的身份，便舍弃了一切，一切华美的宫殿、财宝、妻子以及地位，只穿了一件衣服和一双鞋，便离开了。”

“我没听过这件事。”

“你可以在数据库找到的。”苏一η99907笑道，“你不想知道他为什么离开吗？”

“你一定会说下去的，”λ16798K低头说，“你已经起头了。”

“是这样的，他自小就过着充满享乐的生活，原本完全不知人间有痛苦的事，”苏一η99907慢慢说着故事，将嘴唇抵着杯口，每说一个字，便吹走了一点冒起的水蒸气，“但某次……当他游历父亲的邦国时，在一道城门看见了病人，病人病得很重，全身发臭，这令他很是震撼；在另一道门，他又看见了老人，那是人类的身体衰败后的模样；再一道门，他看见死人，那是人类在经历重重世间苦难后，最终的结局。”

λ16798K已经听得入神了：“然后呢？”她喜欢听故事。

“从来没见过这些事情的他，心里充满了疑惑，一直到他来到第四道门，他看见沙门，也就是修行人，他才明了，要解决人间的苦难，这才是正确的道路，于是他离开家，四处游历，寻找解决人生衰老死亡的方法。”

“他成功了吗？”

“他成功了，人们称他为佛陀——也就是觉悟者，他所流传下来的方法，在历史上学习的人很多。”

“我都没听说过。”

“他经历了四道门，终于明了自己真正该去做的事，他要拯救所有的生命，而不只是人类。”忽然，苏一η99907话锋一转，“你已经见过两道门了。”

λ16798K蹙了蹙眉，她感到阿姨有重要的话要说：“哪两道？”

“历史研究院，还有时间旅行任务中心。”

“那么还有两道吗？”

“明天，我要带你去见十二人席会，我们一起管理这个庞大的地球联邦的。”

“我非见他们不可吗？”她不想知道太多秘密，她觉得这不会有什么好事的。

“然后，我要带你去第四道门。”

λ16798K感到一股寒意在背脊流窜，使她背后忽然沁出了一摊冷汗。

她不想知道。

她很想大声说，她不想知道。

“所以，”苏一η99907说，“你在研究院不要表现得太突出，不要太好，你越是平凡、越是被人忽视越好，否则将来会很麻烦的。”

她知道她不能拒绝：“这是命令吗？”

“是的，这是命令。”她再加上一句，“目前为止。”

“阿姨要说的话，已经说完了吗？”

“说完了。”

λ16798K站起来：“遵命，晚安，第一主席。”她大步走回寝室，然后重重地关上门。

苏一η99907凝视着桌上的一杯花茶，正泛着冷却掉的紫红色调，那杯本来是倒给λ16798K的。

她将那杯冷茶拿起来，落寞地靠上椅背，将茶缓缓喝掉。

# 中场一

一个人无法对整个梦作为集中注意的对象，只能就每小部分逐一检释。

S. Freud《梦的解析》

历史研究院初级研究数据库

搜寻时间：地球联邦10587年第二十三旬第四日23:02

搜寻人：λ16798K

## 名词解说一：心灵能力研究

心灵能力，古英语称为Psi Power。psi为希腊字母倒数第二个：Ψ（小写ψ），该名词于古基督纪元1942年由生物学家Berthold P. Wiesner所提出，作为古希腊语ψυχή（古英语psyche，意指心灵）的简称。“心灵能力”意指非一般人类所能任意行使的力量，一般上可略分为两种：ESP（Extrasensory Perception）超感官知觉，指五官以外的知觉，以及PK（Psychokinesis）心灵致动（念力），指经由心里的念头便能使物体产生位移的能力。

ESP 有许多种类，例如预知能力、遥感、读心、透视等等。自古以来，各国民族间都有流传具有此种能力者的传说，比如远古以色列国的所罗门王就据说有与动物沟通的天赋，远古中国也传说有名医扁鹊能透视人体内脏。

古基督纪元十九世纪开始，传说中的心灵能力开始有正统科学家加入研究，最早成立的组织是一八八二年古英国剑桥大学三一学院的心灵研究协会（SPR，Society for Psychical Research），研究具有上述诸种能力的人。进入二十世纪后，古苏维埃联邦、古美利坚合众国等纷纷成立国家级研究机构，本世纪也陆续出现许多新种类的ESP，例如非眼视觉（手指识字、耳朵听字、腋下识字）、心灵诊病等等。

不过比较起来，“西方世界”较注重PK，或许是由于它比较富戏剧性，也具有丰富的表演性质。

PK 包括用心念使物体位移、变化，例如十九世纪末，流行降灵会中的物体飘浮、凭空出现物体等等之类的，又例如二十世纪初，由古以色列人尤里·谢勒（Uri Geller）带来热潮的汤匙弯曲，另外还有心灵照片、意念植物工程（断叶复原、加速种子生长等）皆可纳入此范围。

古宗教佛教传说有“神足通”，能变化外形、穿墙透壁、来去自如，古宗教基督教传说有水上行走，古中国也有人具有隔空取物，种种突破空间和物理限制的功能，也能归入PK。

不过也有些能力处于混淆不清的分类，例如离体经验、濒死体验、临危时忽来的强大力气等边缘性的能力，是属人体处在极端情形下无意中出现的状况。另外也有人天生具有磁力，身上能吸附对象，或是古基督宗教特有的圣痕现象，分类不明，只能个别归类研究。

虽然心灵能力有国家级机构在研究，甚至也尝试使用于刑事案件调查、军事机密侦查方面，却一直无法进入量化实用阶段。据说因为行使心灵能力的是人体，而人体是一个极复杂的巨观混沌系统，不易操纵，使用者的肉体和精神状态往往会影响心灵能力的质与量，在精确度无法满足经济效益之下，心灵能力研究一直无法有足够的人力、物力以资维持。

## 名词解说二：时间旅行

说到“时间”，我们向来会将时间分成过去、现在和未来。

依照古代科学家牛顿的看法，时间是一种介质，以固定速率流动，全宇宙每一个角落的时间性质都是相同的。

由此类推，广义而言，我们所有人都是时间旅行者，都是乘着时间之流，永远处于“现在”，被动地从“过去”被推往“未来”，不断（连续地）沿着时间轴前进的个体。这是一种完全自动进行的“连续性时间旅行”。

简单而言，我们所谓的时间旅行一般不是上述那种，而是一种“不连续的时间旅行”，亦即自主性地从一个“当下”跳过某一长度的时段（往未来或往过去），抵达另一个“当下”。

不过，牛顿的观点遭到古代物理学家爱因斯坦推翻，他著名的相对论认为时间可以因情况而有快慢的变化。在“狭义相对论”中，他假设宇宙间速度的极限是光速，假若有物体接近光速时，它本身的长度会变短，它本身的时间进行也会变慢，由此计算，它永远也达不到光速。

若是进行此种“亚光速”旅行，由于旅行者的时间比外界变慢很多，例如他的一年已经是外界的十年，他就能够到达一个比他本身时间实际上更久以后的未来，这是第一个容许时间旅行发生的理论，但是，这是一趟无法回头的旅行。

他后来的“广义相对论”提出宇宙应该以四次元而非三次元来看待，三次元是立体空间，而四次元是“时间–空间”复合体，这个时空结构会因重力而扭曲，当扭曲发生时，原本在平面时的直线距离，可能会因此变得更为接近，时间也可能会因此而扭曲，因此前往“过去”时代的时间旅行也变得可行了。

但是，实际上并没有任何时间旅行的装置被成功发明过。

在“大毁灭”发生以前的时代，科学家们一直拘泥于爱因斯坦的“时空扭曲”，他们认为黑洞正是一种扭曲的时空，他们想利用黑洞来进行空间跳跃以及时间旅行，并企图制造人工黑洞，但都因为学术竞争与经费不足而化为泡影。

有人推动时间旅行计划，但时间旅行也有反对者，他们担心“祖父悖论”的效应，亦即一个“如果你回到过去杀死你的祖父，而你父亲当时尚未存在”的悖论，他们担心这会造成因果律发生混乱，使得宇宙的整体结构发生危险。

指令：搜寻停止

指令：退出搜寻

……

警示：指令暂不得执行

……

指令：退出搜寻

指令：退出搜寻

λ 16798K，λ 16798K。请不要再按键。

“这计算机又坏了吗？”嗒嗒嗒嗒……

请不要再按键。这是命令。

“你是谁？”

我们快要见面了，先向你问好。

“你是谁？”

我们快要见面了。

我在第四道门。

指令：退出搜寻

“你究竟是谁？”

警示：请马上取出身份辨识卡

第四章

/

# 玛利亚

“我是阿拉法，我是俄梅戛，是昔在、今在、以后永在的全能者。”

《新约·启示录》1.8

## 阿僧祇

入春之后，天气还没这么快回暖，那天还下了一场大雪。

新年来临时，证因寺上下又忙起来了，一连数天的法会、药师忏等活动，要为皇上祈福，为国家、人民祈福，也让一般百姓们能来祈求安乐，以图天灾不断的大明帝国有个平安年。

证因寺是个小寺，法会也较短，只举行三天。

这几天，鸩思随众忙碌，暂时没到藏经处去读经。到大年初三，法会完毕，一切收拾干净，他又赶忙到藏经处去看《华严经》。

到了藏经处，他看见明月老和尚也正坐着看经。

明月老和尚坐得笔挺，气定神闲，像在安静地禅坐似的。鸩思愣了半晌，他从没见过明月如此的神态，和平日看起来的老懵懵不太一样，整个人似是会散发出一股特殊的气息，叫人肃然起敬。

鸩思安静地走向知藏，由于这一阵子常常来，他已经知道管藏经处的知藏自号“然头”，已经待在证因寺二十年以上了。

“我刚来的时候，明月师兄就很老了。”然头告诉他，“你瞧他，举止无不符合戒律，所谓佛法在于行，正是如此。”

“何谓佛法在于行？”

“你纵然将世间佛经全部看完，讲起经来口若悬河，也只不过是世间智慧，只在讲讲道理，不是般若，一如告诉盲人太阳很光亮，盲人也可以告诉他人太阳很光亮，可是终究不能了解什么叫光亮。要真正去‘行’了，方能体会佛法真髓。”

鸩思点点头：“只要‘行’就可以了吗？”

“当然不是，所谓信、解、行、证，心中有了信念，再能理解经义，才能正确地去行，正确的理解才能确定你走的是正道，走了正道，才能证果，‘解’比行更难。你看《华严经》，解了没？”

鸩思摇头：“还差得远，我只能算是‘读’而已。”仅仅是读，他已经觉得承受不了，因为《华严经》里的世界过于浩瀚，超出他所能理解，超出他过去学习过的一切知识。

谢了然头，鸩思走去取下《华严经》，打算好好坐在几前恭读。

八十卷经文，遵循然头所言的一日两卷，他已经读到第四十五卷了。

他坐在明月旁边，但不敢干扰到明月，何况藏经处原本就是禁语的。

倒是明月先说话了：“你读得挺快嘛。”

鸩思紧张地四下看顾，确定藏经处只有他、明月和然头三人，其他偶来看经的僧人，或许是刚忙完法事，还没起意要来看经吧。

“师父，您看的哪部经？”

“呵呵，看哪部经还不一样？佛所说法，部部经皆通。”话虽如此，明月还是翻了翻封面给他瞧，封面上写的是“妙法莲华经”。

"何不看看你看的是哪部经？"明月提提下巴，示意鸩思翻开经本。

鸩思不解其意，翻开一看，第一页上明明白白写了"大方广佛华严经卷第四十五"，这一卷的卷名是"阿僧祇品第三十"。

"这是三十品啊？"明月说。

一时之间，鸩思还会意不来。

这些日子以来，他为经文中描述的境界所震撼，读经就如看小说一般精彩，每每看到惊人的情节、宏大的场面时，内心都会钦慕不已，尤其是读到修行人救度众生所应把持的态度时，那种勇猛向前的决心，更是会令他激动得忍不住落泪。

他记得然头和尚曾告诉他："《华严经》说的是佛的境界。"

《华严经》可以说是宇宙导览图，里面描述的宇宙，比人类已知的不知广大多少倍。

他想起以前学过，地面上所见的小星星，绝大部分都是地球所处的银河系中的恒星，少数是其余的星系，但由于过远而看起来像个光点。那么，当年哈伯望远镜乃至之后更大、看得更远的望远镜所能见到的，也及不上华严世界里头的一个小千世界。

由于沉醉于经中的世界，他早已忘了当初看《华严经》的初衷，是为了查询"阿僧祇"的意义。

他也忘了他要查"阿僧祇"的意义，是因为慧施告诉过他，佛之成佛，在佛过去刚刚修成菩萨之后，又经过了三大阿僧祇劫那么长的时间，才终于成佛。他想知道那实际上有多久。

所以当"阿僧祇"三个字呈现在他面前时，他浑然不觉，一点也没注意到这就是他所要找的名词，只当自己如往常一般看经。

当鸩思察觉到这是他当初要找的词句时，然头已经备好纸墨，摆在他跟前了。

“这一品称为‘阿僧祇品’，当然会有‘阿僧祇’的解释了！”他恍然大悟，于是谢了然头，低头看经文。

经文一开始，是一位称为“心王菩萨”的菩萨，问佛陀道：“世尊，诸佛如来所说的阿僧祇、无量、无边、无等、不可数、不可称、不可思、不可量、不可说、不可说不可说，世尊，请问什么是阿僧祇，乃至不可说不可说呢？”

明月指向经文道：“这‘阿僧祇’乃至‘不可说不可说’是十种极大数，世间所言‘大数’，百、千、万、亿、兆、京已是不可思议，但到了成佛境界，可以称量的数目更是极大中之极大。所以下文中如来说：‘入佛所知数量之义’。”

鸩思凝神屏息，将接下来提到的数目字抄下来，逐个逐个抄，一共抄了一百二十四个数词，“阿僧祇”位列第一百零五个。

首先抄下的是“一百洛叉，为一俱胝。俱胝俱胝，为一阿庾多。阿庾多阿庾多，为一那由他。……”

“师父，请问一洛叉在汉语中是若干？”他知道明月见多识广。

“一洛叉嘛……”明月摸了摸光滑的头顶，“是十万。”

鸩思用毛笔写在“一百洛叉，为一俱胝”旁边：$100\times10^5=10^7$

“所以一俱胝是一千万……”他舔了舔上唇。

接下来就是陆续的自乘了。

俱胝俱胝 = 一阿庾多 = $10^7\times10^7=10^{14}$，也就是说，一阿庾多是一后面有十四个零了，亦即一百万亿。

阿庾多阿庾多 = $10^{14}\times10^{14}=10^{28}$ = 一那由他。

……他便已经无法想象一阿僧祇是个多么大的数目字了，目前他才计算到第四个大数，而阿僧祇是第一百零五个大数！

数目字越来越大，鸠思越算越辛苦，终于好不容易自乘至第一百零五位的“阿僧祇”时，他得出一个超级巨大的数字。

$10^{7098843361278084648381537950105}$

亦即一后面尚有七千零九十八万八千四百三十三亿六千一百二十七万八千零八十四兆六千四百八十三万八千一百五十三亿七千九百五十万一千零五十六个零。

这是成佛之后，在宇宙间遍行无碍，所能知道的大数之一。

也就是说，佛还能知道更多。

鸠思的脑袋顿时绞成一团，混乱不堪，一时消耗过度，恍恍惚惚回不过神来。好一阵子，他才说：“这三大阿僧祇劫中的‘劫’，是大劫、中劫，还是小劫？”

明月回道：“既是三大阿僧祇劫，自然是三阿僧祇个大劫了。”

原来，《大毗婆沙论》中解释道，最初的人类寿命只有十岁，每百年增加一岁，这是属于“增劫”阶段，如此一直增加到八万四千岁时，已是极限，于是进入“减劫”，每百年减一岁，直到只有十岁寿命，如此一增一减，是为一“小劫”，所以一小劫是一千六百七十九万八千年。

一“中劫”为二十小劫，经过成、住、坏、空四劫，世界生灭一次，是为一“大劫”。成、住、坏、空四劫中各含有二十中劫，如此周而复始，所以一大劫是人间的两百六十八亿七千六百八十万年。

如此长远的大劫，从修成菩萨开始，要经过三阿僧祇个大劫这么久远的时间，经历菩萨五十五阶次，层层往上修行之后，方得成佛。

然头笑道："咱见释迦牟尼佛成佛，犹如看戏，只看了最后一折，就以为看遍全剧了。"

鸩思望着白纸上的数目字发愣，心里头却感到出奇地平静。

当面对过于巨大的事物时，才会感觉到自己的渺小，才会发觉自己所执着的、所紧抓不放的信念是如此地脆弱，犹如蚂蚁终于发觉自己正走在大象的背上时，才惊觉自己的无助。

明月看他发愣，又回头去看自己的《法华经》去了。

"如何？"然头问他，"你想要成佛吗？抑或只想弄个神通来玩玩？抑或只想看完《华严经》？"

鸩思不知道。

他感到无尽念头缭乱纷飞，但又像奶浊般空白一片。

百千万记忆碎片被乱风吹拂，一会儿东，一会儿西，在脑海中剧烈翻腾，一刻也不停歇，也抓不到任何一片记忆。

只知道曾经在人生中经历的爱、恨、苦、乐，即使是一点点曾经感受过的屈辱，抑或久远岁月以前发生过的一丁点儿芝麻小事，也在此时蹦出来了。

虽然如此，他却不觉得混乱，只是默默地观察这一切，如流水行云拂过，仿佛一切事不关己。

明月合起经书，说："此子此番正是寻牛见迹，未见牛也。"

"只恐时日无多呀。"

"与其忧心，咱何不一旁纳凉去？"

然头点点头，两人于是就地盘腿，静坐起来。

那天，一直到香积堂的沙弥找上藏经处，鸩思才自恍惚中醒来。

"正思！你怎么还待在这儿？师父要骂人了啦！"

他连香积堂的工作都忘了，大伙儿还要用晚斋呢。

鸩思一下站起，霎时头脑清明，随那沙弥奔跑出去。

才过不久，他又跑了回来，将几上的《华严经》收起，放回书架上，向两位和尚合十礼敬，又赶忙跑出去了。

然头瞧瞧门口，道："牛呢？"

明月眯眯眼，露出一口缺牙，微笑起来。

## 席会

今天天气很好。

阳光灿烂得很，镇日阴郁的天空似乎比平日开朗多了。

自从很久以前的"大毁灭"后，天空一向阴霾霾的，今天有点反常，难道期待已久的日子已经逼近了吗？难道空气中弥漫的辐射，已经快要被地球的平衡系统清理干净了吗？

可是，才一进门，一片黑暗马上笼罩了上来，λ16798K的眼睛一时适应不良，她停步一阵，待昏暗的景象看清楚了，她才尾随苏一η99907走进去。

后方的门自动关上后，走廊上冉冉亮起了黄色的灯光，为她们开了一条路。

走廊末端又是和时间旅行任务中心一样的风景电磁门，只不过里头宽广多了，也不阴暗，也没有八个怪怪的人头，而是十位各种各样的人，男女都有，从二十岁至六十岁都有，各种肤色皆具，有的衣冠楚楚，也有的穿着脏兮兮有破洞的工人服。

无论是谁，当苏一η99907进门时，他们全部从座位上立正，以敬仰的目光正视着她，接着又不约而同对她身边的年轻女子投以好奇的目光。

“大家辛苦了，”苏一η99907环顾一番，“澳大利亚主席似乎还没赶过来呢？”

有几位主席面色显得腼腆，似乎对λ16798K这位陌生来客有所顾忌。

“诸位有什么话请尽管说，λ16798K将来应该要熟悉这一切的。”

λ16798K赫然惊视苏一η99907。

“阿姨是什么意思？”她心中暗忖。

她知道这些人是十二人席会，是地球联邦的统治集团，所以他们谈论的都是足以令听闻者被消灭的信息，她怎么可能被允许旁听呢？莫非她要被消灭了吗？可是情况看来又不像是如此。

一位皮肤黝黑的女子，神色凝重地说：“澳大利亚主席生死不明，他所住的地方遭到攻击了。”

“是反联邦吗？”苏一η99907微微蹙眉。

λ16798K从报纸和数据库都见过一则新闻，说“反联邦”已经被悉数歼灭了，看来这消息跟“平民版”历史一样，果然也是假的。

“原因不明，只从侦测卫星知道，今天凌晨五点曾经发生一场巨大爆炸，目前那里已经失去联络，我已派遣附近人员迅速赶去了解状况。”

苏一η99907慢慢坐上第一主席的座位，并示意λ16798K也找个位子坐下。

“跟几天前东亚发生的事件有关系吗？”她问道。

“搞不好是几百年前送上去的太空垃圾。”一位主席说。

人类在黄金时代时，曾经大量发射各种人造卫星到太空中的近地轨道，环绕地球进行通信、监视、武器等功能，但卫星的使用寿命不长，所以很快就在近地轨道上围绕了一大堆报废的卫星，成为太空垃圾。随着它们的轨道半径越来越小，最终都会被地球的重力拉向地表。

“不会的，以它们的体积，应该会在掉入大气层不久就焚尽了。”

λ16798K边听边想：“东亚发生什么事了？”

十二人席会已经不在意λ16798K的存在，如常一般讨论地球联邦各地发生的大小事务。渐渐地，λ16798K才明白到，最近已经发生好几宗巨大爆炸，原因似乎是受到外来小天体撞击所致。

她凝神静听席会的讨论，看到了阿姨苏一η99907跟往常不同的神情。阿姨一开起会来，刹那间便进入备战状态，整个人散发出一股领袖的威严，这是她从来不曾见过的。

在场的其余十位主席，有的虽然外表看来平庸得很，一旦讨论起来，却像卸下了平日的伪装，成为独当一面、可瞬间决人生死的人物。

毕竟他们都是统领一方的主席，整个地球联邦由十二个大邦组成，等于将地球上能住人的土地分割成十二区，他们就是每一区的统治者。苏一η99907是地球联邦的中心领袖，所以住在首都贾贺乌峇，可是……

究竟是什么，令其余十一位主席乖乖服从第一主席的话呢？

是道德吗？是钦佩吗？是法律吗？地球联邦这个涵盖全球的巨大

组织，能靠这么简单的理由，维持长达数百年的稳定吗？

她不相信。

虽然眼前的人是那么地合作、那么地融洽，看起来是完全地推心置腹，但她却能够感受到，在这之上还有一个更大的力量，在主导着这一切。

或许她知道这个力量在哪里。

每当他们向着客厅、研究院或任何门口的上方喊着“地球联邦万岁”时，他们是向谁喊呢？她相信是那个力量。

当他们无时无刻不在注意自己的遣词用字时，他们是害怕谁会听去呢？她相信是那个力量。

那个力量躲在十二人席会这层布幕后面，但即使是地球联邦公民，除了各机构最上层的管理人之外，也鲜少人知道十二人席会的存在。

λ16798K默默聆听着席会的谈话，她听到“反联邦”这个名词反复地出现，那是自小就知道的名词，是新闻上常出现的反叛团体，是邪恶的代表。“一小撮引起联邦人民生活不安、破坏生态平衡的人类废物。”她记得新闻标题总是这么写的。

她还从谈话中知道，野生人类被分配到全球各地从事危险的工作，特别是一般公民不准抵达的“禁区”。

在短短两个小时之中，她听到了有生以来从未如此多的秘密，而且完全不必担心自己会被消灭。

她渐渐感受到一股热流贯穿身体，一种使命感从心底油然而生。

她开始不感到恐惧，她开始不感觉自己的命运是个负担，她甚至觉得自己不再为母亲的死亡感伤，因为她已经明了母亲的死因。

为了地球联邦的长久稳定，为了人类的永续长存，母亲是不得不被消灭的。

当她发现自己这么想时，她也同时发现，一滴泪珠正从脸颊徐徐滑下。

席会的讨论突然中止，众人将眼光集中在她的泪珠上。

“怎么了？”苏一η99907担忧地问她。

她甩甩头，说：“我为联邦子民们的灾难而哭。”

她只说了一半真话。

## 第四道门

席会的聚会结束之后，苏一η99907忧心忡忡地离开那栋没有记号的建筑物，与λ16798K坐车离去。

回家途中，λ16798K问道：“阿姨，刚才的是第三道门吗？”

车子掠过一排排整齐的公民住屋，苏一η99907对这些看了数十年的干净景象一点胃口也没有，对λ16798K的问题也压根儿不想回应。

过去她总在小心翼翼地过活，扮演好她在历史研究院的角色，扮演好她第一主席的身份，扮演玛利亚忠实的顺从者，扮演λ16798K的培养者，却连自己最希望当成朋友的沙也加一θ83405761的生命也挽救不了。

毕竟年纪也大了，忍耐了这么长久的精神压力，虽然还能再忍受下去，但她感到好累，好想到某个空无一人的地方去，安安静静地睡上一个长觉。

“阿姨？”

“咱们回家。”

λ16798K只点点头，反正今天也看了太多、听了太多了。

两人一路上默默无言，随着车子沉沉的震动声，λ16798K渐渐入睡了，当她醒来时，发现车子已经停在家门口了。

苏一η99907呆呆地望着家门，当她看见λ16798K已经醒来，才说：“你准备好了吗？”

λ16798K不明白她的意思，困惑地望了一眼家门，那是她跟“阿姨”已经同住了一个月的地方：“到家了吗？”

“这里是第四道门。”说着，苏一η99907开门下车，向门口一摆手：“请。”

第四道门怎么会在家里呢？λ16798K一点也不明白。

苏一η99907如常打开家门，但这次她要等到λ16798K走过来了才肯进去，λ16798K疑惑地看着她的眉头，她沉重的眉头透露了她的层层心事。

两人都进屋之后，λ16798K四下打量，确定这里是她住了一个月的地方没错，家具摆饰没有半点不同，这令她更为不解阿姨的怪异行为。

忽然，一声响亮的“咔”声从墙壁后方响起。

客厅里的一面墙慢慢滑开，整间房子顿时陷入一片沉重的隆隆声中，慢慢露出墙后的一个辽阔的房间。

房间四边的墙壁有着古老的痕迹，霉迹斑斑的墙面上，油漆已经剥落大半，露出墙下的水泥，有的水泥也掉落了一大块，露出了墙壁的真正核心——铅板。

房间包围着中间的一个巨大圆筒，圆筒上有一扇门，厚重的金属门上深刻了“工厂，南区七号入口，非法闯入者格杀勿论”三排大字。

“工厂？”λ16798K惊视了一眼苏一η99907，又忍不住回头紧盯这个古老的遗迹，“这里怎么会有……”她没再追问下去，她知道这个问题很愚蠢。

“你知道工厂了吗？”苏一η99907淡淡地问。

“妈妈的论文有提过。”

苏一η99907上前推开金属门，随即钻入门后的黑暗之中，λ16798K尾随她进门，忍不住多看了一眼门上写的“非法闯入者格杀勿论”几个字，她在想，这扇门建立当年，所谓的非法闯入者不知是指些什么人？

进门后，她才知道里面并不那么黑暗，只是光线暗了点，一排发出暗淡光线的古老灯管照亮了长长的螺旋梯，通往深不见底的地下。

“阿姨，”她警惕地问道，“我们要去哪里？”

“到地球之母，人类之母那里去。”

阿姨是在开玩笑吗？她知道过去有一种称为“宗教”的精神活动，充满了无知的盲目崇拜，是历史研究院里最轻蔑的题目，他们将其视为人类文明中的糟粕，阿姨又怎么会说出这种话呢？

苏一η99907已经走下几步阶梯，只等着她下去。

λ16798K低头望向螺旋梯的起步点，那里镶了一块金属板，上面有模糊不清的文字，即使可以看出字母的轮廓，她也不认得那些字。苏一η99907马上解除了她的困惑：“那是古罗马文字。”

"写了些什么？"

苏一η99907吸了一口气，说："'我们都站在先人的肩膀上，踩在他们的脚印上，住在他们的坟墓上。'这里是这么写的。"

从年轻时代开始，她不知道已经看过这段话多少遍了，也不知道踏过去多少遍了，早就已经能够背诵出来了。

λ16798K也深吸了口气，咬了咬牙，凝视螺旋梯下方。

她知道，不管第四道门的后面是什么，她今日是必定要面对的了。

"这条路很长吧？"

苏一η99907摇摇头："这条路还算是短的。"以后的路更长，她想。

两人走下螺旋梯，一直往下走，都只能看见下方是一片黑暗，一路上也只有自己的脚步声在陪伴。走了很长很长的道路，λ16798K终于看见下面有一片光线在等待着她们。

"我们到了吗？"

苏一η99907以最简单的点头来回答。

螺旋梯抵达末端后，地底豁然开朗，出现一片广大的空间，如果光线够强的话，还可以看见有广场、水池和许多建筑物排列其间，仿如一座地底都市。

"这就是工厂吗？"λ16798K惊讶地环顾，她从没想象过脚底下有这么一个世界，即使在数据库见到过相关文献，她还是对"工厂"的壮大感到不可思议。

抬头一望，最高的建筑物（也只不过四层楼）上有一块生锈的牌子，刻了大大的"工厂"。

这里就是“大毁灭”之初，人类的避难所之一，也是保存人类物种和文明的时间囊，以免这个仅有三百万年的物种过早灭绝，连巨大爬虫类恐龙的一亿两千万年的生存时间都比不上。

苏一η99907转身朝向一面高高的大门，大门后是一片沉默的黑暗，她向黑暗高声说：“伟大的玛利亚！第一主席谨向您报告，我将λ16798K带来了。”

λ16798K听到自己的序号，吃了一惊，于是紧盯着那片黑暗。

黑暗中响起了一把慈祥的声音：“她就是三位一体的一百之二十一吗？”

“是的。”

λ16798K感到一阵不寒而栗，像是动物园中被人端详的展示品一般，她觉得浑身不自在。

“λ16798K。”那个声音在呼唤她了。

“是，你是谁？”她并不胆怯，只是对未知感到不安，因为她还不知道阿姨的用意，也不知道她正在面对的是什么。

“我叫玛利亚，我是地球联邦，地球联邦就是我。”

“我不懂。”以后你会懂的。她预计对方会这么回答。

但她估计错了。“你也知道，大毁灭之后，工厂是人类仅存的文明。”那把威风凛凛却又十分温柔的声音说道，“我是玛利亚，我从这片废墟之中重建人类文明，让人类再度遍布地表，我创造地球联邦，创造了地球表面上所有的人类，你懂了吗？”

λ16798K咽了口唾液，她懂了，她正在面对的，是“那个力量”。

那个自称玛利亚的声音，她的权力在十二人席会之上。

但是她不喜欢玛利亚，从刚刚一分钟前认识玛利亚开始就不喜欢了。

她讨厌过于强大的力量，尤其是强大得令人生畏的力量，她觉得这种力量很卑鄙，因为它总是恣意地操纵他人的命运。

她鼓起勇气提出问题："在数据库里，让我能看见种种机密数据的，就是您吗？"

"是我。"

"决定由谁的基因组成我的基因的，就是您吗？"

"是我。"

"决定我的妈妈沙也加—θ83405761必须被毁灭的，就是您吗？"

"是我。"玛利亚说，"你为此而感到愤怒吗？"

"不，我并不愤怒，"她说的是真话，"母亲的死亡是为了维持地球联邦的安定，以免她吐露太多的秘密。"

"你真是个好孩子。"

λ16798K仰视着这片巨大的黑暗，黑暗中躲藏了玛利亚，她揣测着玛利亚长得什么样子。她的声音听不出是来自哪一个方向，她似乎非常庞大。

"所以，"她问黑暗，"玛利亚是什么？"

"玛利亚是神的名字，"苏—η99907在一旁说道，"你不许直呼神的名字，你必须加上敬语，你应该称祂敬爱的、伟大的、无上的、绝对的、无限的、永恒的、不变的、全能的、全知的、全善的、无所不在或全能的玛利亚。"

"苏，亲爱的第一主席，你的语气似乎带有不满。"玛利亚用怜悯的声音说道。

“是的，创造一切的伟大玛利亚，我太累了，对不起。”

“你知道，我可以随时将你消灭。”

“敬爱的玛利亚，您有这个权利，您赋予我生命，也有权利收回去。”

“阿姨，”λ16798K咽了咽口水，说，“难道今天玛利亚想见我，只是为了跟我聊聊天吗？”

“λ16798K，”苏一η99907赶忙说，“今天是一个重要的日子，是圣洁的玛利亚亲自要见你的，整个地球联邦除了我之外，目前就只有你清楚玛利亚的存在了，这是十分光荣的！”

λ16798K不驯的双眼直视高高的大门，像是企图要穿透门后的黑暗：“今天是什么重要的日子？”

“你是一位有趣的女孩，苏。”玛利亚的声音还是听不出语调的变化，“今天，我要亲自赐予你一个名字。”

“名字？”

“是的，一个摆在你序号前面的名字。”

“可是我……”

苏一η99907截道：“我的名字也是玛利亚赐予的。”

“明天开始，整个地球联邦的每一份相关档案里头，你的序号前面都会加上这个名字，听好了——”

λ16798K不想听。

她不希望她的一生——从出生到学习，从父母到名字——全都是按照别人计划的去进行，她不想像阿姨一样，成为一个伟大的傀儡。

在她还没有得到这个名字之前，她已经想要拒绝它了。

“你叫‘法地玛’。”

法地玛，这就是她今后的名字了。

法地玛— λ 16798K。

## 夜谈

天启七年三月，气温已经没那么寒冷，已经升高到和地球联邦首都贾贺乌峇那般的平均温度了，这是鸩思感觉最舒适的温度了。

八十华严和四十华严他已全部读完了，虽然不甚了解，却也隐隐觉得自己的心境已经受到了洗涤，这令他在这舒适的气温下感到更为舒适。不知不觉中，他开始感觉到过去所执着的，仿佛只是一场闹剧，实际上一点也不重要。

这使他不由得想起明月和尚告诉他的一个故事，不是出自佛经，而是出自《庄子》。

据说蜗牛的两只触角上各有一个国家，左角上的叫“蛮”，右角上的叫“触”，两国常常发生战争，相争国土，往往伏尸数万，血流成河。

初听这故事时，他会不禁失笑，触角上的土地何其微小，两国竟舍命争夺，“何其愚蠢！”他记得自己如此告诉明月。

明月听了，抬头望着黑夜中的皎月，他还记得当时树梢上的夜猫子在啼叫。明月说：“你看这满天星斗，星斗看起来多么细微。”

“啊啊，”鸩思笑道，“实际上它们是非常巨大的，未来的科学已经发现，它们大部分比太阳还不知大上多少倍，所以它们发出的强光，在经过数光年乃至数百、数千光年仍可抵达我们眼中。”

“如此的话，若该处有众生，他们看得见咱们吗？”

“看不见。”

“那咱们比起蛮触，也没啥了不起。”

鸩思顿了一下，略能体会明月的意思。《华严经》中称人类所在的世界为娑婆世界，而娑婆世界也不过是百千亿无数无量诸世界之一，比起蛮触上的国家，地球也没什么高下好分别。

“众生迷惘，皆起于妄想、分别、执着，此三者乃诸病的源头。”

“什么病？”

“烦恼呀，贪、嗔、痴、慢、疑呀，种种让你心神不定，镇日紧张兮兮的，令你身心不安的，不就是病吗？”

“也是也是。”他发现这些日子以来，慢慢能够听懂明月的话了。

“你当沙弥，也有十个月了吧？”

王恭厂灾变发生在去年五月初六，这个日期他是牢牢记住的，如今已是春暖三月，再过两个月便是灾变一周年了。

“有十个月了。”

“剃度时的沙弥十戒，你有全守了吗？”

鸩思回头想想，这十戒也不难守，他也全部不记得有犯过……

他还记得十戒是不杀生，不偷盗，不淫……这些日子以来茹素念经，身体很少感觉有性欲，万一有了，香积堂里忙碌的工作也会让他累得忘记了。

不妄语……他很注意自己的一言一行，平日都默默地忙自己的事，事实上嘴巴用得最多的时候，还是每日早晚课随众诵经的时候。

不饮酒……他在地球联邦从来没有听说过“酒”这种饮料……不着香花鬘、不香油涂身，不歌舞倡伎、不故往观听，不坐卧高广大床，不非时食，然后最后一条是不捉持生像金银宝物，也就是不拥有个人财物，不贪图华美的事物……他从未来抵达这里的时候，唯一的财产就是这副肉体，连一件衣服也没有，即使是他身上的这套僧衣，也是来自某位过世的比丘的。

“我想我可以说，沙弥十戒，我一戒也没犯过。”他很有把握地说。

明月沉吟了一阵，才说：“单纯不犯，只是消极的守戒，成为比丘有两百五十戒，你能守吗？”

“为什么要守这么多戒？”

“如果你已经能掌控自己的心性，这两百五十戒也不怎么样，你一条也犯不了，若你贪、嗔、痴未灭，你就有种下恶果的机会，这两百五十戒就是时时帮你警惕自己的法宝。”

“守这么多戒有什么好处？”鸩思说，“我见寺内这许多人，能守尽十戒者也不见几个。”

明月叹道：“有这种想法的人不在少数，所以佛法虽见旺盛，有德之士难求，六祖惠能曾说：‘心平何劳持戒？行直何用修禅？’问题是我们何时心平、何时又敢说自己行直了？近代有憨山是真正高僧，也有莲池专门弘扬戒律，专门持戒，委实难得！正思！”明月忽然大喝一声：“正是为人所不能为，别人不做的我来做，才是修行的路子，何况这本来应做而未做，你如何会有此等怠慢之心？可忘了当初因何而出家？”

“我当初出家是为了求神通。”

“现在呢？”

“现在？”他皱紧了眉，苦恼地说，“我已经不那么确定了。”

自从体悟了无常之后，他已经不执着于复仇了，神通也就没有必要了，现在他还能做些什么呢？他每日只是按吩咐在香积堂忙忙碌碌，又饥渴地到藏经处翻阅经典，来填饱他那颗总是喂不饱的脑袋，可是他已经失去当初炽烈的目标，每日只是因为活着所以活着。

“那很好啊，”明月欣然道，“这正好是你搞清楚自己的时候，每日活得好好的，不就是好事一桩吗？”

“这样子好吗？”没有可以争取的，没有可以与人比个高下的，没有所爱的人，也没有所恨的人，这样子好吗？

“成佛，你索性发愿成佛了吧。”

“成佛为了什么？”

“为了救度众生，令众生远离一切苦厄。”

“那我有什么好处？”

“一点好处也没！”

“那我为什么要去做？”

“就是因为没有好处才要去做，一旦有了好处，你分别、妄想、执着又起，贪、嗔、痴、慢、疑又在你脑中四窜，这才千万行不得。”

鸩思似懂非懂，明月所说的乍看违背了一般常识，一般常识却又像才是充满了问题的观念。他一时转不过来，虽然身为地球联邦的高才生，虽然通晓十余种古语，虽然对历史、哲学、物理、数学莫不曾深研，此刻这些知识却一丁点儿也派不上用途。

“所以，持戒吧。”明月说，“所谓戒、定、慧三学，持戒方能入定，有定便能发慧，到时神通自现，你要神通便有神通。要是搞不懂，就去做做看，要知道佛陀所说的对不对，不如亲身去试试，便知是怎么一回事了。”

明月的话，对他总是有一股说服力，好吧，那就好歹试试看吧，反正仅有两百五十条！

“你当努力精进，”明月忽然略有愁容，“否则的话，生死事大，无常迅速，万一有个万一，你可是躲也躲不开的呀。”

“什么万一？”

正谈话间，有位比丘拿个油灯从廊下走过，见到树下有两个人影，便走来探问：“天晚寒凉，两位怎么还坐在此处？寮中要点名了。”

鸩思忙回道：“我陪师父打坐。”转头一瞧，明月已经低垂着头，呼呼入睡了。

“唉，老人家怎么还作坏了身子？”那比丘走去拍醒明月，“师兄，回寮房睡去吧。”

明月懵懵然睁眼，一口缺牙的嘴巴径自滴着口水，向那比丘傻笑：“有劳关心了……您菩萨心肠呀。”

那比丘叹了口气，唤鸩思与他一同扶明月回云水堂去了。

## 任务

距离上一次会见玛利亚，已经有一旬了。

这一次，苏一 η 99907只送她到门口：“这次尊贵的玛利亚要独自见你，你要小心走下去，这梯子挺滑的。”

“为什么阿姨不一起来？”法地玛—λ16798K有些不安地问。

“伟大的玛利亚必有其旨意。”

一路深入地下，法地玛—λ16798K一面担心，她听说玛利亚能够随时置人于死地，不知玛利亚怎么杀人？会不会因一时怒意而杀人？她不希望被玛利亚杀死，她还没弄清楚状况呢。

当她快走到螺旋梯的尽头时，地下城市的灯光已经打开了，微微的机械运转声似乎正迎接法地玛—λ16798K的到来。

“我来了。”她站在高大的门前，心中谨记阿姨的叮咛，不得跨入门内，“您召唤我来有何吩咐？”

门后的黑暗先是沉默了一阵，然后才说：“根据我的计算……你是个顽强的女孩，你依然不愿意对你的神礼貌一些吗？”

“我去查过了。”

“查过了什么呢？”

“玛利亚是全知全能的，难道会不知道我查过些什么吗？”

“你查过什么，我全都知道，我不知道的是，你所指的是哪一条名词。”

“神。”

“神吗？”

法地玛—λ16798K说：“神是一种过去人类所相信的超自然之存在或力量，他们相信祂是真实存在的，有的人崇拜祂，有的人希望从祂那里得到好处，有的人恐惧祂，认为一切灾难或一切好运，都是祂的赐予。”

“难道不是吗？”

"远古各民族都有自己的神，而且都不止一位神祇，每位神祇各有祂的管辖范围，这范围实际上也就是信仰者的居住范围。但是某些较有侵略性的民族之中，开始出现了一神崇拜，不仅坚持一神，还坚持要摧毁他人的神，从古埃及人发展出一神崇拜开始，然后是古希伯来人、古中东人、古欧洲人，一步步以神之名，侵略、破坏当时缤纷灿烂的多元人类文明。"

"你这是以人的观点评断神。"

"除了以人的观点，永恒的玛利亚，我不知道还有其他观点，因为我是人，您是神，除非有个超越神的观点。"

"据我所知，没有超越神的存在。"

"或许这就是您的极限，"法地玛一λ16798K缓和语气，以免听起来过于偏激，"一如人的视觉必须凭着可见光才能作用，可见光以外的电磁波一律看不到，或许玛利亚，绝对的玛利亚，您也有这种限度。"

玛利亚又沉默了一阵，黑暗中依稀传来静电的吱吱声。

"所以，玛利亚，您是哪一种神？是众多诸神之一呢？抑或专横独断的一神呢？"

"我是地球联邦的神，我创造人类，创造了你生活中所有的一切，创造人类文明，你们全是我遴选的子民。"玛利亚温和的语气带有一丝不稳，有些音节还会莫名地重复一次，"当我发觉任何人、任何事会导致地球联邦的不安时，我会毫不犹豫地毁灭它。"

法地玛一λ16798K依旧不驯地直视着黑暗，冷汗却不由得从手背沁出。她感觉到自己的心房正重击着胸口："……敬爱的……玛利亚！您是神，我承认是您创造一切的。"她察觉到自己刚刚才从死亡边缘回转了一趟。

“啊，多么无知的人类，不知感恩的女孩，是的，我是，而且不需要你的承认。”

“您活了很久很久吗？”

“真有趣的问题，是的，很久了。”

“有多久呢？有人类的历史那么久吗？如果您创造了人类，至少应该比人类的历史还久吧？”

“啊啊，狂妄自大的小女孩，你以为你是什么？你只不过是我精心培养的一枚螺丝钉。”玛利亚的语气仍旧是一贯地温柔，听不出有任何情绪的变动。

“对不起，终极的玛利亚，”法地玛—λ16798K不敢再挑战玛利亚的极限，“我为我愚蠢的问题致歉！”

这次玛利亚沉默了更久。

“法地玛，你有没有想要毁灭我的念头呢？”

“没有。”

“你回答得真快。”

“因为您必须存在，”法地玛—λ16798K马上截道，“因为您维系了整个地球联邦的生存，实际上也就是全人类的生存。”

“我十天没见你，你似乎也去查了些什么，可是有些东西，我似乎并没吩咐你去查询。”玛利亚顿了一下，“你又是怎么样知道的呢？”

“有所谓的‘第三种历史’，除了给一般公民认识的历史，以及历史研究院所学习的真正历史之外，另有一种隐藏在历史背后的历史，我想我是认识了这一点。”

“很好，”玛利亚的声音回复了稳定，“你表明了厌恶我的态度，也同时表明了对我的服从，你果然是个聪明的女孩。”

“谢谢玛利亚的赞美。”

“你还是不打算以尊称呼唤我吗？”

“如果有必要的话。”

“那么，你准备接受我的命令吗？”

“我有选择的余地吗？”

“没有，”玛利亚温和地安慰道，“如果你拒绝，即使你是耗费了我们不少时间培养的三位一体，我也会毫不犹豫地马上杀死你。”

法地玛—λ16798K打了个哆嗦：“我注意了几次，究竟什么是三位一体？”

“你不是查过数据库了吗？”

“没有我要的答案。”

“那么，我把这个答案作为对你的奖赏好了，你为我完成一个任务，我就回答你一个问题，一个你无法从任何地方——包括极秘数据库——找到的答案，你觉得如何？”

法地玛—λ16798K沉吟了一阵：“我答应。”

“难道你不问问任务的内容吗？”

“只要不是毁灭别人就行。”

“这种事，已经有清洁队去做了。”

法地玛—λ16798K直视着黑暗，等候玛利亚的吩咐。

## 预兆

鸩思忽然觉得很冷。

寒意从骨髓里穿透出来，弥漫到皮肤深层去，就像寒冬刮风似的令他颤抖不已。

他知道现在已经四月了，别人也说不该会冷的。

驱散不去的寒意，是何时开始的呢？他记得，是那天念诵《心经》时。

在读《华严经》之前，明月曾经叫他背诵《金刚经》，后来又叫他背诵《心经》，但他始终不明白，这些常见的经典有什么用途呢？

那天，他如常早起，天还阴暗，大伙儿空腹到大堂去早课。

当他念到《心经》时，忽然想起明月的话，心里便自然而然地开始斟酌经中字句。

只不过一下子，原本平静的心便开始波光荡漾，心念在经文的逻辑思考中恣意打滚，口中却依旧习惯性地念着经文。

他念着："观自在菩萨，行深般若波罗蜜多时，照见五蕴皆空，度一切苦厄……"

在这瞬间，心中倏然掠过一个问题："什么是五蕴呢？"

这问题嚯地暴涨，飞蹿出一大串思考："就是色受想行识，对。'色'是一切万物吗？我们会去感受'色'，这是'受'，受了会'想'，想了便会去'行'，然后通通储存在'识'之中，识就是阿赖耶识……五蕴之间重重相连，又皆为一体，不离阿赖耶识，这是师父说过的，可是……五蕴皆空，怎么空？空什么？空了就能度一切苦厄？空不是啥都没有了吗？不不不不，师父说过这种空空如也的空唤作恶取空……”

他已经无心早课，根本不知别人念到哪里去了，口中只是自动随着大家发出声音，眼睛无意识地紧盯前面那人的背影，一直在人家袈裟的褶皱上打量，心里头在一念之间又转了好些趟。

“色不异空，空不异色，色即是空，空即是色，受想行识，亦复如是……什么叫‘亦复如是’啊？哦，色空，色空，而且受想行识也空，也就是说，可以念成‘受不异空，空不异受，想不异空，空不异想……’原来如此，原来如此。”

他脸上禁不住露出微笑，心里对这小小的领悟雀跃不止，原来《心经》是一篇摘要！它的“心”当然不是心脏，也不是心念的心，而是“心要”，原来如此，原来如此！《心经》可以说是《金刚经》的心要，而《金刚经》又可以视为最大部的佛经《大般若经》整部六百卷的摘要！这就是明月师父的用意吗？

“色不异空，空不异色……啊，这观念很熟悉，那不就是质能转换公式吗？$E=mc^2$，所以质量m的物体——也就是‘色’，乘上光速的自乘，就等于E的能量，能量不就是‘空’的吗？”他才刚以为自己发前人所未发，转念又否定了自己刚刚的想法，“不，这也不对，这只是硬与‘色空’扯上关系而已，还有受空、想空、行空、识空呢？不不不，那公式仅只理同，但事不同……”

想到这里，他脸上表情又一变，这些情形，全都被一旁的僧值看去了。“僧值”是专司监管僧人威仪的职位，举止仪容有所谓“四威仪”：行、立、坐、卧全看在他眼里，鸠思在早课时表情这般作怪，分明用心不专。又听他人说正思常常夜里不睡，跑出去树下打坐，或弛缓香积堂的工作，常不知到哪去鬼混，僧值对这沙弥早就注意多时。

殊不知鸩思心中，此刻正是一刹那九百生灭纷至沓来，他不知道自己的表情一直随着心绪乱动，他已经无法控制自己，甚至没想到应该要控制自己。

空空空，究竟空是怎么回事？

“是诸法空相，不生不灭，不垢不净，不增不灭……”他曾经问过明月，但原来经上其实老早就说了呀！空是原本就有的自性、佛性，佛性就是佛性，不增也不减，“本来无一物，何处惹尘埃？”它只是被我们的妄想、执着所遮蔽了！

“是故空中无色，无受想行识……”原来不仅五蕴与空没有差别，五蕴是空、空是五蕴，甚至空中也没有五蕴！

“无眼耳鼻舌身意……”六根也空！

“无色声香味触法……”六根所缘的六尘，也空！

“无眼界，乃至无意识界……”六识也空空！

六根、六尘、六识，十八界通通空！所有“我”所认为的世间万物，其实都是这个肉体所妄想、执着、分别的假象！

他觉得眼前所见的事物起了变化，心里凝滞的思绪慢慢融开了。

他觉得自己像洋葱一样被层层剥落，往昔沉重的记忆和观念逐一消逝，感觉不再那么重要，不再紧执在深层的意识里头。

眼中所见、耳中所闻的一切，似乎渐渐产生了新意义。

以往反复念了又念的经文，在这瞬间，似乎跃然有了生命。

以往经文前方的那层浓雾，似在刹那之间吹散，引得源源不绝的喜悦感从心中怒涌。

“无无明，亦无无明尽，乃至无老死，亦无老死尽！”

从无明，直至行、识、名色、六入、触、受、爱、取、有、生，最终到老死，这苦苦相因相果的十二因缘，这凡有生命的都会去迷惑和执着的，造成轮回不断的层层因缘，事实上全都空！

十二因缘，从无明尽灭一直到老死尽灭，一一尽灭时，理应是圣者了，理应是缘觉阿罗汉了，其实阿罗汉还是空！阿罗汉已经解脱生死，难道不是究竟了吗？怎么还是空？

“……无苦集灭道！”四谛也空？！“无智亦无得！”般若也空！

他感到脑袋瓜遭到地震似的震荡，从出生以前到当下的每一片思绪全都化成粉浆，粉浆狂乱地旋转，像泥水般在脑浆中翻腾不已，像沙尘风暴般浓密得伸手不见五指，仿佛重金属废气般地乌烟瘴气。

一直在注意鸩思的僧值，已经走到他跟前，面对面直盯着他的眼睛，却看见鸩思眼神恍惚，瞳孔放大，眼珠子微微在振动，像是在瓶中滚动的弹珠。

僧值一怔，暗忖：“此子着了魔境。”为防影响其他僧人，他举起香板，看清楚鸩思穿的是较薄的夏日僧袍，也看清楚自己拿的是软木香板，才轻轻打下。

这一打，令鸩思大吃一惊。

这一打，仿佛在巨浪翻腾的意识中插入一把利刃。

混沌的意识霎时间粉碎化开，原本被遮蔽在背后的光明猛地暴长，意识疾速四散，鸩思感到一片大放光明，四周全都笼罩在无穷尽的光芒之中，光芒并不刺目，反而令他心中感到一波又一波宁静的狂喜。

刹那之间，空间感消失了，他仿若足踏虚空，八方无碍，视觉、触觉、听觉、嗅觉等全不知遁往哪儿去了。

他感觉不到手脚的存在，甚至感觉不到自己的存在，连时间也消失了，过去未来全都齐聚一堂，许许多多的时间，像电影画面一般飞快地掠过。

他看见了许许多多的过去和未来，但这些信息一点也不染着他的记忆，他只是观察，但一点也没记下来。

不知道过了多久，只知道沉浸在那片光芒之中很久很久以后，他感到一点一点的浊念，再度慢慢地混入那片光明之中。

当一切感官全回来时，他有如大梦初醒，又或许实际上是归到了世间这场大梦中，一时之间，对脑袋瓜里那些窜来窜去的杂念感到厌恶极了。

他游目四顾，发现眼前漆黑一片，外头依稀有些星光。

他一时想不起自己身在何处。

“你回来了？”黑暗中有人说话，随即“啪、啪”几点火花，点了盏油灯。

鸩思不习惯那世俗的刺目光线，用手挡了一下：“请问是哪位师兄？”

“我是慧施，”那人将灯火靠近自己的脸，“你终于回过来了。”

“我怎么了？”

“今早早课时，你突然就这样愣着站住了，一直愣到现在，我还以为你又像上次那样昏了过去呢。”

鸩思好不容易才弄清楚，这里是夜晚的大殿，看来慧施一直在这里守着他。

“现在什么时候了？”

“大伙儿全睡了。”慧施忍不住问道，“你究竟怎么了？看见了什么吗？住持说你是入定了。”

“看见了什么？……”他才刚一回想，在恍惚中曾经掠过去的某段时间片段，忽然出现在脑中，记忆鲜明。

然后，他开始感到寒冷。

一阵又一阵恐惧汹涌而来，抚摸他沾了露水的颈项。

他记得这种感觉！

王恭厂灾变的前一刻，当奥米加们杀死他的时候！

他们杀死他时，他感到组成自己的每一粒原子都欲背他而去，逐粒崩解，那种无助感就像是跌入深渊一般，那种恐怖像是感受到血液正逐渐减速流动，那种全身浸入冰水般的感觉，偶尔还会令他自梦魇中惊醒。

但是，刚才的感觉原本是十分舒畅的，刚刚还是与万物融为一体的欣悦，为何那段时间片段会忽然浮现出令他恐惧的意象呢？

他想起来了，他想起来了，他完全想起来了，他想起那段时间片段的内容了，内容有点含糊，但已足以让他害怕了。

他感到从手掌到头顶都在发抖，眼珠子在眼眶里颤抖，舌头在口腔里乱抖，拼命想抖出一两个字。

“有……人会死……”他终于说出来了。

“谁？谁会死？”慧施也感到一阵寒噤，因为上次鸩思初出现在这个时代时，也说了这句话，然后就发生了可怕的灾变。

所以当他再次说出这句话时，慧施心里马上一阵紧绷。

“有人……某个认识的人……”初夏的夜晚，鸩思从口中冒出白烟。

第五章

# 法地玛

如树根未拔，虽断犹更生，

随眠爱未除，苦体恒相续。

《四谛论·卷二·思量集谛品第四》

## 理论

“我有一个理论，可是连我也不知道对不对，而且，我没有可以信任的人帮我证明。”

“阿姨……苏也不行吗？”

“她必须留下来照顾这里。我需要的是一位中立者，一位能了解我对地球联邦重要性的中立者。”

“您不怕我会中途反叛吗？”

“如果这种事发生的话，我可以即刻中止你的生命。”

“您怎么做？”

“只须传递一个信息，到你身上某处的一个小零件。”

她不确定自己身上是否真的有那个小零件，不过即使没有这个威胁，她也会答应执行这个任务的，因为这是个千载难逢的机会。

她想，大概没几位公民能像她一样在全球四处窜来窜去的吧。

何况，这是一个参与地球联邦历史的大好机会。

玛利亚告诉她的事情如下。

从两年前开始，全球各地陆续发生了八宗相同的事件。

地球表面遭到异物撞击，根据人造卫星的追踪观测，那些物体全都源自外层空间。

其实一向以来，都不断有较小的外层空间物体坠入大气层，只是许多在大气层已经烧毁化为灰烬，或有部分坠到地面，成为陨石，也极少对生命和环境造成伤害。

但这两年以来，造成伤亡的外层空间物体有增多的趋势，虽然不排除说是一种自然现象，但也着实令人困惑：为何这种现象会忽然增加，而且发生的间隔一次比一次短？

“这不应该是天文学家的工作吗？”

法地玛一λ 16798K会这么问，因为她想起过去曾有种种理论，提出地球会周期性地遭到小天体撞击，造成巨大的物种浩劫，例如存活了约一亿四千万年的恐龙，可能就是因此而灭亡的，否则可能会发展出一个繁荣的爬行类文明。

她对玛利亚提出这个看法。

“天文学家只负责侦察天体的来源、坠落模式和轨迹，至于那个天体究竟是什么，这就是你的任务了。”

“为什么不直接派当地人去查看，然后向这里报告呢？”

“根据我的计算，这么做并不安全。”

“会危害到地球联邦的安定吗？”

“已经有人驻守在坠落中心区，但连他们也不能进入那个区域，你将是唯一被核准进入的人。”言下之意，玛利亚认为那的确会危及地球联邦的安危。

“伟大的玛利亚，请问根据您的理论，您认为那些天体都是同一种东西吗？而且又会是什么呢？”

“孩子，我不该给你一个预期的答案，我不愿意影响你的判断，”玛利亚耐心地说道，“等你回来，再将你的想法告诉我，只告诉我，好吗？”

“谨听您的吩咐。”

## 法航

证因寺的住持法航，对于发生在正思身上的事情很有兴趣。

事实上，他打从一开始就对正思很有兴趣。

法航年纪轻轻就在证因寺出家，一直没离开过这座寺院。依照证因寺的习惯，待得越久的比丘就越有当上住持的机会，这是久远以来的陋俗。而他也将出家当成一项事业，总觉得没有个像样的地位就枉费出家一场，一如读书人不当官就感到羞愧一般。

他深入研究经藏，勇猛精进，成为小有名气的学问僧，与达官贵人之间的交际也不错，好不容易熬到了住持的地位，年纪已然老大，也算是了了一生之愿，总算能静下心来，回头想想年轻努力向上的种种。

如此霍然回首，才察觉到难得成为人身，竟然花费一生光阴在虚名上面，不由得冒了一身冷汗。

出家为了什么？为了当住持吗？

回想四年前圆寂的憨山德清大师，出家后屡遭厄难，还被卷入宫廷斗争，被朝廷勒令还俗，历时十二年，虽居士之身，仍不忘在逆境中勤勉修行，一代大师之所以为大师，必有原因。想起憨山，法航禁不住惭愧得抬不起头来。

每日晚课结束前念的“是日已过，命亦随减”那句话，难道他只当成是顺口的呢喃吗？

偶尔夜半惊醒，他无法再入眠，于是便静坐到拂晓敲钟，希望为自己年轻时错过的大好修行良机弥补弥补。

生死事大，无常迅速。

某晚夜深，他又从噩梦中惊起，于是精进念佛，在静夜斗室中，只听见自己的阿弥陀佛圣号不住地在回响。念着念着，窗下忽然传来一把老迈的声音：“法航呀法航，人家是无相念佛，你倒是念念皆妄念呀。”

法航吃惊不小，往窗外一瞧，没看见人，搞不好躲在窗下，但他的脖子也探不出去。

究竟是谁呢？自古听闻寺庙多鬼，难道是鬼不成？

自从那次之后，他参阅古来高僧大德的文章，开始想要学习他们，好好修行，寺院的俗务反正有寺监在管理，他也无须过于操心。就在去年四月，他决定闭关七日，精进念佛，考验一下自己的意志。

就在闭关第三日，一阵没来由的异象困扰着他：他在静坐时忽然进入某种状态，他相信那是偶尔发生的入定，他看见猛烈的爆炸，许多人顿时粉碎，又看见正思全身赤裸，正奔向证因寺。

果然，那天早上，正思忽然一丝不挂出现在大殿，数日之后，以王恭厂为中心的巨大爆炸，在一瞬间扫除了顺天府两万余人口。

那个忽然出现在大殿的正思，自称来自一个未来的时代。

他相信他。

法航相信，他在定中忽然出现通晓未来的境界，这是古德曾经描述过的，也正好看见正思“正在”从未来抵达现在。他心中虽知这种境界只不过是修行中乍现的幻境，乃五阴中所迸现，不可执着，不可高兴自满，否则便易堕魔，虽然如此，他还是忍不住想找正思来谈谈。

现在，正思也要求见他一面了。

听衣钵（一如住持的秘书）敬元说，那个受戒未满一年的沙弥正思要见他，他居然会在内心兴奋不已，一来是当初在定中见过正思，二来是听说前日正思也在大殿早课时，忽然就这么入定了，他还正想要问问正思呢。

## 时间

鸠思来到方丈室，向法航恭恭敬敬地敬了礼，劈头便说：“方丈，学僧未剃度时，曾听方丈说过，过去在入定时见过异境，特来请问。”

“你为什么问呢？”

“学僧日前在大殿早课时，忽然进入一个境界，未知是何境界，是正是邪？是何吉凶？还请方丈开示。”

“你所见境界，是何模样？”

鸠思描述了一遍之后，法航心中惊忖，那跟他以前见过的极为相似：“若正思所见是真，近日证因寺当有灾祸。”

他心中疑怖，脸上却不得不一片沉着，道：“此乃五阴妄想所现，你开始时见到一切色相消失，身体与四方融成一体，此为‘色阴’所现，后来又能见未来，恐怕是当时你忽然动念，欲知过去未来，才现‘想阴’妄想，你当知道那是魔境现前，要能辨识，否则以邪为正、将妄作真，就此满足，你便停滞不前，到此为止了。”

鸩思听罢，点头不已：“方丈说得是，惶恐惶恐，学僧差点以为那是何等高深境界！以为神通将现，原来仍旧在五阴中流转！”

“即使是神通出现，凡夫也能有神通，何足为奇？要能漏尽方为了得！”法航不由得感叹，“末法时代，善知识不多，日后未必有人能够提醒你。要能辨识此五阴魔境，《楞严经》最末一段便有如来开示，将来一旦遇此妄想境界，可查此经，此经所列五十种阴魔，几乎皆是修行中所常见者。”

鸩思忽然话锋一转：“方丈，虽说我所见未来之事是妄想魔境，可是方丈去年在王恭厂灾变发生之前，不也预见厂灾，后来不也应验了吗？”

“五阴是妄想，过去未来是妄想，这世界由无明妄想、分别、执着生起，遮蔽了真如自性，我们在妄想中徘徊，感觉过于真实，以为是真，预见王恭厂灾变乃梦中事，王恭厂灾变亦为梦中事。”

“方丈，难道这发生过的一切……会是假的吗？”

“一如在梦中所见，梦中经历的一切皆清清楚楚，也有贪嗔痴慢，也有七情六欲，梦醒方知是妄，但我们正在梦中时，又怎会以为是虚妄？”法航觉得自己渐渐敏捷了起来，口中自然流出种种自己想也没想过会说出来的话语，“譬如你来自未来，未来既然未来，莫非未来已经发生了吗？”

“方丈，若是未来未曾发生，学僧又怎会存在，又怎会来呢？”

“过去已经发生了，难道过去仍然存在吗？”

“方丈，过去必定仍然存在，学僧现在所在的顺天府，一年前对学僧而言还是久远的过去，理应不复存在，可是学僧还是来了。”

“若是过去、未来都存在着，那‘现在’这个当下也存在吗？”

“方丈，现在当然存在，若说我们是梦中的真实，那‘现在’是最真实不过的了，因为我们能确确实实地感觉到现在，但是掌握不到过去未来。”

“正思，当下有多短暂呢？”法航问道，“当下转眼而过，‘当下’二字犹未说完，当下已成过去，这当下会有多快呢？”

鸩思感受了一下，不确定地说：“一秒吧，少于一秒……”

“这一秒是什么？”

“是未来通用的时间单位，一昼夜有二十四小时，每小时六十分钟，每分钟六十秒，这小时、分、秒，跟现在所用的时辰、刻、分不一样。”

法航点头道：“老衲记得，《俱舍论》上有云，一昼夜有三十须臾，一须臾有三十腊缚，一腊缚有六十怛刹那，一怛刹那有一百二十刹那，这一刹那极短，以秒而言，一刹那有多短？”

鸩思费了时间计算一下，一天二十四小时的话，那么一刹那是六百四十万分之一天，亦即：“七十五分之一秒。”

“这一刹那有七十五分之一秒，七十五分之一秒之中又有九百生灭，九百次生起和灭尽，世界转瞬而逝，转瞬又生，那么，当下何时存在过了？”

“那么，依方丈之意，时间存在吗？”

“时间不存在。”

“我们能感觉到时间的变迁，它又怎会不存在呢？”

“时间不会变迁，‘时间’是我们对这种错觉所给予的名字，时间宛如一间大房子，我们在里头穿梭，但是总被困在同一条固定的路上前进。”

鸩思怔了一下，他不是不能弄明白，但法航这些话说得奇怪。

他想起了一个称为“四次元空间”的概念。

所谓零次元，是一个没有大小的“点”，它所经过的轨迹，可以用长度来测量，我们称之为一次元，也就是“线”。

一次元所扫过的轨迹为二次元，亦即有长与宽的“面”。

二次元经过的轨迹为三次元，亦即有长、宽、高的“体”。

三次元所经过的轨迹呢？四次元，第四次元在爱因斯坦提出相对论之后，已经被定义为“时间”，也就是说，时间已经不是我们观念中的时间，它本身不会流动，实际上原本就是我们不断在沿着时间移动。

在四次元，时间无所不在，搞不好左手会摸到昨天，右手会摸到明天，头顶还是去年。

我们是生存在三次元空间的生物，我们在演化中只发展出侦察三次元的器官，我们被囚禁在时间的列车里头，只能沿着轨道走。

要是我们提升了一个次元呢？

要是我们不再被时间奴役，而能自由穿梭呢？

鸩思微微张口，忽然略有所悟：修行者不是有六神通吗？第六之漏尽通已是阿罗汉境界，不敢妄想，可是前面之天眼、天耳、神足、宿命等神通，不就可以用四次元来说明吗？

宿命通能知过去，天眼通能见未来，亦能见极远、极细，一如望远镜和显微镜，天耳通所能听的无远弗届，神足通能变化自在、来去自如、变现不可思议境界……

当提升一个次元，空间已无障碍，距离已经失去意义，能看见、听见遥远的事物，能在转眼间到达遥远的地方，甚或穿墙过壁，有何难哉？在四次元空间里，所有时间同时存在，任凭浏览，能知过去未来，有何难哉？

“原来如此！原来如此！”鸩思不由得抚摸光头，“这就是了！这就是了！”

法航的表脸变得很怪。

他似笑非笑，眉头扭曲，一脸困惑，头顶上还沁出一摊冷汗。

“谢谢方丈教诲，”鸩思一拜拜了下去，“学僧告退。”言罢，鸩思高兴地退了出去。

法航忽地松了一口气，像是紧绷的琴弦突然被放松了一般。

他大口大口吸气，内心惊疑不已，为什么他刚才会说出那些话？为什么他会口若悬河？当他说出那些话之后，为什么脑子里会有沸腾的感觉？像有源源不绝的信息一股脑儿灌入他的百会似的。

不，那种感觉并不舒畅，他不明白发生了什么事，甚至不明白自己方才说的话是什么意思。

“对不起，住持，僭越了。”方丈室的窗外忽然又出现那把老迈的声音，然后便有人慢步蹒跚离去的跫音。

法航想走过去瞧瞧看，但两腿却像年糕一般软掉了，全身也虚脱得像被抽空了一般，一点也站不起来。

忽然间，他放弃了挣扎，内心感到一阵恬静。

就这样吧，他这么想，维持原状静静坐着。

就这样吧，就这样就行了，此时此刻一点念头也不生起，不生即不灭，他就这么坐着，坐了很久，一直到衣钵敬元来提醒他，该是晚课的时间了。

## 旅行

法地玛—λ16798K抱着忐忑的心情，独自一人来到时间旅行任务中心。

她站在八角形的小室中间，四周被八个玻璃柱中的人头包围着，他们在蓝色的维生液里载浮载沉，静静地闭着眼睛。

“有工作了吗？”一把懒散的声音自她脑中响起。

“你们不是可以读取我的念头吗？”

“啊，看来你不太喜欢我们。”

“我只是还没适应你们。”

另一把声音说：“真可惜，你还没机会体会时间旅行。”

“各位奥米加，”法地玛—λ16798K略带威严，又不失礼貌地说，“这一趟不是要在时间中旅行，我们要到选定的地点去调查一些事，所以，你们必须装配生化身体，随我行动。”

“悉听尊便。”法地玛—λ16798K看见一个人头正朝她微笑，想必正在说话的是他。

她顺势看了一眼玻璃柱下的标记，刻了ΩⅥ-1，他是奥米加六代一号，是他们的领袖。如果他不是只剩下一颗头的话，如果他不是被泡得肿胀的话，他应该会是位挺帅气的年轻人。

那个一号又说话了：“你也可以称呼我变成奥米加之前的名字，我叫塔卡。”他是微笑着说的，但他少了几根连结颈部的肌肉，笑起来显得很诡异。

“你们都有个本名吗？”法地玛—λ16798K感到有兴趣。

原本沉静的奥米加们也显得热烈了起来，各人兴奋的声音在她脑中吵成一团：“有呀，我叫泰蕾莎。”“我叫史东。”“黑格尔。”

最后，才有一把细细的声音响起：“托特。”他羞怯地在液体中略微转了些头，不敢直视法地玛—λ16798K。

法地玛—λ16798K看了他的标记一眼，原来是排在最后一号的八号，是个头部很大的男生，看来先天发育不良似的一脸枯黄，连蓝色液体也无法将他泡得发胀。

“托特是我们之中能力最强的。”一号说。

法地玛—λ16798K又看了八号一眼。

托特更害羞了，不安地猛眨眼。

“谢谢诸位的介绍，我想你们应该换上生化身体，咱们马上要出发了。”

“别急别急，”一号悠悠地说，“要是怕无法及时回来，大不了用时间旅行回到你向上级报告的时限。”

话虽这么说，他们还是乖乖地换上了生化身体。

一具没有头的身体从玻璃柱底部升起，在维生液中接上了奥米加的脊髓，与颈部连结完成之后，蓝色的液体才由底部慢慢抽干。

刚刚换上生化身体的奥米加，有些不习惯利用肺部来交换气体，但他们很快就适应了，然后玻璃柱才自动移开，将他们暴露在外界的空气中。

法地玛—λ16798K注意到，虽然奥米加们男女有别，他们的生化身体却没有性别的差异，女性没有乳房，男女性的私处也没有表露出性征，但一律有结实的肌肉轮廓，全身也有完美的平衡比率，似乎一切都是为了执行任务的最大便利，在完美条件下设计出来的。

“好了，现在我们要去哪里？”

“我们要去的有八个地方：墨尔本、火地岛、华盛顿、休斯敦、加尔各答、巴格达、上海、巴黎，”法地玛—λ16798K取出一张纸，“我这里有详细的经纬度，请选择最容易去的地方，我们先去那儿。”

奥米加六代一号将纸接了过来，手指的操作尚显生硬，差点拿不稳纸张。

“对我们而言，不存在较简单或较困难的问题，”一名女性奥米加说，“因为在更高次元的空间里，咱们三次元的距离已经不那么重要。”法地玛—λ16798K向她点头致意了一下，推想她那两道被水泡得脱落的眉毛，原本大概是金黄色的。

八号“托特”盯着一号手上的纸，似乎想发言，却欲言又止，似在懊恼该不该发言。

才一犹豫，眼见一号抢先说话了，他只好叹口气，望向地面。

奥米加一号说：“虽然空间距离不是问题，咱们得考虑到地点，我想先从最安全的地点开始进行，就先去加尔各答好了。”

“那么？”法地玛—λ16798K想请他开始进行。

“你需注意，在进行空间跳跃时，请不要胡思乱想，不要有任何念头，那会使旅行出岔子。”

“我该怎么做？”

“你想一个字就好了，最好是一个没什么意义的字，绝对不要牵涉到地理位置，这样才不会干扰到我们。”

“好。”法地玛—λ16798K于是闭上眼睛，开始想。

想什么字好呢？

八个奥米加包围着她，纷纷闭上眼睛，不知在沉思些什么。

法地玛—λ16798K似乎知道他们在想什么，她的脑袋中依稀回荡着他们的思绪，她的颞叶“听”见细细碎碎的低语，她猜想，那是加尔各答的经纬度。

渐渐地，随着奥米加的低语，她感觉四周的空间开始扭曲，变得有些沉重，又有些虚浮。她不敢睁眼确认，但她相信这不会有危险，因为玛利亚告诉她不会有危险，她不喜欢玛利亚，但她相信祂。

她有些慌乱，不知道该想些什么好，又不能什么都不想，什么都不想反而令更多杂乱无章的念头一蹦而出，令她更为慌张。

她感到皮肤有了变化，触觉似是快要消失了，脚底也开始感觉像是浮在果冻上面一般。

忽然间，她跃现一个念头：“爸爸！”

这么一想之后，她仿佛安心多了，这个从来不可捉摸的模糊角色，似乎在冥冥中给了她不少安定感。

于是，她继续想。

“爸爸……”

她开始感觉全身像一团面团，被人恣意搓揉、扭转，但是一点也不痛，只是有点头晕。

刹那间，脑中猛然一阵强光，想是视觉中枢受到了刺激，她感到全身奋力一晃，脚下已经踏在一片草地上，长长的杂草割坏了她的裤子。

“咱们到了。”她听见的是一号的声音。

## 死亡

这一整天，鸩思老觉心神不宁，什么工作都做不下去，切菜还切到手。

初夏阳光灿烂，僧衣也换成夏衣了，他还是感到骨子里有些寒意。

今天的阳光比昨天还要烈，但今天却比往常来得冷！

他知道为什么。

他害怕今天。

他很清楚地知道——虽然他事前不太确定，但今天一早起床他就感觉到了——就是今天！

虽说未来一定会来，但无论是朝未来奔去，抑或是未来迎面扑来，总之在他能挣脱时间的束缚之前，他就无法抵抗时间的残酷。

“看你心神不宁，今天且歇个儿去。”香积堂的管事和尚也看不下去了，“待下午精神好了，来报我知道。”

“谢谢师父。”

他没有回僧寮休息，而是向藏经处走去。

今天，他惯常在破晓前随众起床，早课完毕后已是天光，准备早斋，用早斋完毕，空气还清冷得很，依照今日的时间单位，是早晨九点左右。这个时间里，寺中各人都各自忙各自的功课，有忙寺务的，有去参禅打坐的，也有寥寥数人是到藏经处来用功的。

鸩思看见藏经处今日似乎比往日人多，心里是更加不安了。

“今天来读哪部经呀？”管理的然头和尚问他，“昨儿看完了《大楼炭经》吧？”

“是的，师父，”鸩思脸色有些苍白，回答起来有些喘息，“经中所言的是，咱们住的阎浮提世界太渺小了，地球在于宇宙，果然只是微尘而已……”

“那今天你要看哪部呢？”然头说，“本寺虽然藏经不丰，历代以来收集的也不算少，你想看常见抑或不常见的经藏呢？”

“我……”他忆起住持法航的建议，“我想看《楞严经》。”

“哦？人谓‘开悟的楞严，成佛的法华’，《楞严经》跟《法华经》一样被古德誉为经中之王呢。”然头一面说，一面走到书架去。

有五六位沙弥和比丘各各端坐在几前看经，也有一位寄宿在寺中读书的年轻人，鸩思小心经过他们身边，生怕打扰到他们，回头一瞧，只见明月也从门口进来了。

鸩思忽然觉得全身寒毛耸立，空气中遍布了静电，将气体分子弄得不安地抖动起来。

他抬头望望天花板，企图看见些什么。那是他本能的直觉，能感受到一股不祥的力量正汹涌而来，但他不确定那会是什么。

明月走向然头，看也不看鸩思，便向然头寒暄道：“今日天气回暖不少。”

“是出门的好天气呀。”然头笑道。

然头将《楞严经》交到鸩思手上，道：“好好读，在未真正开悟之前，文字般若依然是开悟的工具，如人渡船，未到彼岸，不应舍船。”

话才说完，四周的空气忽地凝结了，变得泥石般沉重。

藏经处中众人无不感受到那种忽来的战栗，纷纷抬起头来围顾，莫名其妙地观看旁人，却又不清楚发生了什么事。

一种生物的本能，在这瞬间似乎全都自体内唤醒了，他们有的瑟缩着身子，唇色自然变得纸白，有的直盯着鸩思，因为有人发觉到，鸩思是最早感到害怕的人，他打从一进门就在害怕了。

明月和然头也不说话，也不惊愕，只是平静地继续谈话。

终于，鸩思作声大喊：“危险！诸位快些出去！快逃！快逃！”

藏经处上方的天花板忽然出现一股诡异的旋涡，如同暴风一般，将几上的经书吹得乱翻，四周的空气刹那间稀薄得令人喘不过气来，似乎一股脑儿都被吸入了旋涡一般。

“快逃呀！”

没有人逃。

没有人想到该逃走，他们要不是被吓得忘了逃，便是被好奇心留住了脚步，想仔细观赏这一生难得一见的奇景。

旋涡止息后，藏经处多了五个人，他们浑身脏兮兮的，个个穿了奇异的衣服，都长得跟汉人不太一样，有白皮肤碧眼睛的，也有黑皮肤、红皮肤的，更有一位长了大胡子的，用一对赤红的怒眼扫视着在场的每一个人。

“是你！”他大声怒喊，一手直指鸩思，“你剃光了头，跟照片上一样！”

鸩思懂得他在说什么。

因为他说的是地球联邦语，一种一千年后才会出现的语言。

当初他被选为时间旅行者的时候，是必须剃光头发的，所以他们想必见过他光头的样貌，如此一点也不难认出他！

他们是另一批奥米加！不是他以前所遇到过、随沙也加来的第三代奥米加，第三代是有生化身体的。他拼命思索，但他只知道第一代和第三代，这一批奥米加只有五个……不，他不认识他们！

有位比丘小声问道：“这沙弥！你认得他们吗？”

鸩思没回答他，而是以联邦语向奥米加说：“你们来自哪一个时代？你们是奥米加吗？”

大胡子哈哈大笑，紧接着又哭了起来：“啊啊啊，果然是你，终于找到你了！你害我们死了三位伙伴，你也害得第一代奥米加被悉数毁灭！奉第一主席的命令，我们要将你彻底毁灭！”

“等等！”鸩思忙道，“我知道你们一定会来，但你们是谁？”

鸩思原本不认为自己会死，因为他知道自己应该可以活得很久。因为王恭厂灾变时，第三代奥米加将他杀死之后，有一个蓝眼睛的僧人将他从死亡之境拉了回来！

他从下意识里知道那人是谁！那人是他自己！

那人是和他一样拥有百分之九十七中国人标签基因的“纯种”，全身上下只有眼睛虹彩表现出其余百分之三隐性基因的特征，只不过那人年纪比他更大，显然历尽风尘，还拥有能将他从死亡之中拉回来的“能力”！而且如果他没有神通，又如何前来这个时代拯救他自己呢？如果他会在这时刻死去，又怎么会在年纪老大之后回来救他自己呢？

很简单，搞不好救他的并不是他。

当死亡的气息笼罩上来时，他已经不确定自己应该相信什么了。

生死事大，无常迅速。

“如果我要死，我也该知道谁是杀死我的人。”他说。

旁边的人在窃窃私语：“他不是去年忽然从大殿出现的那个比丘吗？”“沙弥而已啦！”“他自谓从另一个时间来的，莫非不是妄语？”“瞧他们，不知在说些什么话，是胡语吗？……”

大胡子不安地看着四周的人，细心感测了一下，是否有人与他们有相同的能力，才说：“我们是第二代奥米加。”

原来如此！他明白了，沙也加曾经告诉他，她提供了一个错误的信息给第二代，如果没错的话，第二代奥米加会在抵达天启六年五月初六时，从屋顶上重重摔下来。

一位奥米加走向大胡子，低声说：“一号，即使我们不毁灭他，他也会死的，一年也快到了……”

“一号，”另一位奥米加走近大胡子，“别多说了，我们快快回家吧。”

大胡子怒目圆睁，翘起眉头，马上下令：“对准频率。”

鸩思明白，是对准藏在他脑中那追踪器的频率。

“流出！”

可惜呀！鸩思忽然叹息。如果真有六道轮回，难得成为人类的此生，算是到此为止，白白浪费了。

可惜呀！

刹那间，五位奥米加二代将意念送出。

五股交织了悲痛和忿恨的意念冲向鸩思，奔流到鸩思的脑中，涌入他的脑细胞，打乱他的神经传导，破坏神经元中$K^+$和$Na^+$的浓度平衡，挤满他的细胞间隙，让他的脑神经细胞超载，让他的神经信号揉成一团泥浆。

鸩思两眼一滚，感到脑袋瓜胀了一下，颅内的脑浆忽然翻腾了起来，挤压他厚度不到一公分的头盖骨，眼睛猛烈振动，像在眼眶里头乱滚。

他微微蹙眉，只希望这种不陌生的痛苦快些过去。

他感到喉咙在收紧，鼻孔和口中不断涌出空气，耳朵像被硬塞入一大团棉花似的难受，手臂的肌肉也开始抽搐，五指像要抓住空气中虚无的一点执着。

他知道四大即将崩解，他曾经崩解，也知道那崩解的是四大。

他再一次遇见亲爱的死亡了。

话说回来，死亡何时不是那么逼近的呢？

五位奥米加浑重的意念源源不绝地灌入，他一点也没有拒绝的意思，他老早知道今天有人会死，这个人就是他吧。

忽然，他睁开双眼。

视线十分清晰，他依然站在藏经处内，冷汗还在皮肤和衣料之间停滞，五位奥米加还在，只是全都万分惊愕、目瞪口呆地盯着他。

鸩思还弄不懂，奥米加的“流出”呢？为什么他没死？

从他身后伸来了一只手，将一样东西递给他：“是这东西吗？”

那是一个细小的零件，在他手中有些触电似的麻痹感，还微微有些振动。

他感到脑袋清明，而且从来不曾那么清明！

那小零件上还沾有一点血和黏黏的浆液，那是地球联邦埋在他脑子里的东西！

他回头一看，那只递过来的手是然头的。

然头微笑道："记得以后要精进修行呵。"言毕，然头走到奥米加们的面前，说："各位回家吧。"

藏经处的众人忽然感到一阵剧烈的晃动，空气分子刹那紧缩了一下，几上的经书刹那往回翻了数页，连门外的落叶也刹那飘回了树枝上。

众人只觉眼睛一摇，五位奥米加便自他们眼前消失了。

消失得一干二净，仿佛从来不曾出现过一般。

一切发生得过于迅速，鸩思一时还惊魂未定，直盯着五位奥米加消失的地方。

"啊，有两位送错了地方。"然头说了，接着便就地结跏趺坐，两手平置脐前，恬然闭起双目。

众人全都松了口气，对方才所见啧啧称奇，还对鸩思指指点点，有人马上跑出了藏经处，召唤人过来了。

"然头师父……"鸩思握着手中的小零件，心中百感交集，他从来没想过然头有如此道力，然头看来只不过是那么一个庸庸碌碌的中年人。

"阿弥陀佛！"一直没出声的明月，忽然冒了一声。

坐在地上的然头，头顶冒出蒸蒸暖流，鼻中却没了呼吸。

鸩思大吃一惊，忙要去摇动然头，被明月一声制止："万万不可，然头已经圆寂，不可轻动，应赶紧为他念阿弥陀佛才是。"

众人听了也吃了一惊，纷纷围着然头坐下，发挥平日功课，齐声念起佛号，一时藏经处里遍尽佛号，如海潮声波涛起伏，络绎不绝。

"为什么师父死了？"鸩思还在问。

明月不回答他，只示意他坐下，念佛。

鸩思乖乖地坐下，但是念不出半句佛号，从眼中涌出来的泪水已经湿遍了脸庞，从两颊滴落衣肩。

他不敢哭出来。

他知道不能。

## 报告

“没有可资辨识的残骸。”法地玛—λ16798K回报玛利亚，“目前已经去过加尔各答、华盛顿和休斯顿，撞击中心点干干净净，没有残留的石块或其他碎片，四周只有废墟瓦砾。如果有天体残骸分布在废墟中，我们需要更多人力。”

玛利亚顿了一下，才说：“你觉得那些地方如何？”

“对不起，玛利亚？”

“你觉得加尔各答是个美丽的城市吗？”

“在我看来，跟首都贾贺乌喾一样，建筑井然有序、整齐划一。”

“你不觉得美丽吗？”

“不，我不觉得，只是整齐，只是同一张蓝图下盖出来的样本而已。”

“华盛顿和休斯顿也是吗？”

“是的，伟大的玛利亚。”

玛利亚又沉默了。

当祂沉默时，地下城市不时回荡着阵阵机械的低吟声，像是四周的墙壁藏了许多正窃窃私语的精灵，对这位活生生的入侵者评头论足。

法地玛—λ 16798K等待玛利亚的指示时，转头端详四周——这片过去曾经伟大的地下城市“工厂”，这片曾经是人类文明储藏库的巨大空间。

阴晦的地下没有霉味，嗅起来十分清爽，墓碑般的建筑物无言地矗立着，令她忍不住怀疑里面是不是藏有尸体，有点想走进去一探究竟。

玛利亚说话了：“我们这个时代，没有称得上是天文学家的专家，更缺乏过去的地质学家，来研究这些撞击的坑洞，但是，根据你带给我的数据，显示出这三个城市的撞击模式，全然一样。”

“是的，三者的圆周半径只有小数点后的差别，连空中照片所拍摄的也几乎一样。”

“还有，所有的撞击，都发生在大城市。”

“……除了火地岛。”法地玛—λ 16798K补充道。

“不，火地岛也符合我的理论。”

“我不明白，玛利亚您还没告诉我您的理论。”

“其余五个城市，你尽快去检查，或许你就了解我的想法了。”

“玛利亚，您还没奖赏我。”她提醒道。

“啊，性急的女孩，你的任务连一半都还没完成呢，”玛利亚平静地说，“你可以好好地去思考，你想问我的问题，说不定到时你还会换题目呢。”

法地玛—λ 16798K叹了口气：“好吧，那么我先走了。”

当她要踏上阶梯时，玛利亚又叫住了她：“别忘了做功课。”

“承您爱护，功课由埃布尔—λ 15M代劳了。”

“不，我是指这趟任务的功课。”玛利亚让她先想了一下，才接着说，“在再度出发之前，你为什么不去研究一下呢？”

## 关键词

在历史研究院上课，法地玛—λ16798K怎么样都静不下那个心，一直只想到地下室去查资料。

“法地玛，对于黑暗时代宗教与政治的结合，你最留意的是什么层面？”

“什么？”她惊醒似的吓了一跳，“呃……宗教。”

教授中古史的查史者叹了口气，提示道：“古欧洲诸国的王位受到教廷的操纵？愚民政策，以宗教高压禁止人民思想？抑或……”

法地玛—λ16798K微微叹口气，回道：“政教合一无路可转时，发生连续数百年的猎巫行动，这行动的背景十分复杂，有为了压制与正统迥异的言论，也有为了谋取财产的，或纯粹只是歇斯底里的娱乐行动。”

“嗯，我明白了。”查史者点头道，“你最留意的这个层面，如果撰写一篇五千字的论文，你会由哪一个角度切入呢？”

法地玛—λ16798K抿抿嘴，心里急了起来：查史者为什么紧咬她不放呢？

“女……女性主义，因为，大部分受害者是女人。”

“看来你做过功课了嘛。”查史者不放过她，“那么男性受害者的部分呢？你想在论文中如何处理呢？”

法地玛—λ16798K下意识地将视线转去埃布尔—λ15M的方向，向他投以求助的眼光，当她发觉自己居然如此做时，忍不住羞愧起来。

她不喜欢那些查史者对她的态度。

事实上，这些历史概论、史学史、史学方法等等，她早就上过了。

当她还小的时候，在梦中上过了。

当时是地球联邦将睡梦中的她带去上课，还弄得妈妈神经兮兮的，唯恐地球联邦会对她不利，回想起来，后来还有许多同龄的小孩一起在上课。

不知道这又会是玛利亚的另一个什么计划呢?

好不容易熬到下课，法地玛—λ16798K逃也似的离开教室，直窜到地下室数据库去，打算依照玛利亚的暗示，好好研究一下她的任务。

她输入一个关键词："撞击"，作为搜寻的起点。

搜寻结果有数万条，法地玛—λ16798K随性浏览了一遍，发现大部分是历来的撞击资料，最早的可上溯到古基督纪元前一千多年，资料出自古宗教典籍《诸书》："耶和华从天上降大冰雹在他们身上，直降到亚西加，打死他们。被冰雹打死的，比以色列人用刀杀死的还多。"看来是古民族部落间的一场战争，他们将这场天灾归功于他们的神祇。

接着是发生于远古中国纪元鲁僖公十六年，数据出自一本古籍《春秋》，如果以地球联邦纪元来计算，是地球联邦6959年。

远古的纪录都比较松散，想必中间漏失了极大部分的撞击次数，因此年代越接近现在，撞击纪录越频繁，表示被记录到的次数越来越多了，也或许表示人类居住的范围越来越大了。

法地玛—λ16798K缩小搜索范围，集中在历年论文部分。

论文不多，只有一万多篇，大多完成时间都集中在“大毁灭”前的时代，地球联邦时代的相关论文更是寥寥可数。

当法地玛—λ16798K上下浏览论文题目时，突然眼前一亮，注意到一位作者的名字。

《古中国纪元天启六年首都顺天府爆炸事变考》，作者：θ81402028，呈交日期：地球联邦10553年第一旬第九日。

《古籍疑似撞击纪录：文献回顾》，作者：θ81402028，呈交日期：地球联邦10552年第三十五旬第十日。

《〈诸书·创世纪〉上的大洪水、天体撞击及地震与世界神话之相似性比较》，作者：θ81402028，呈交日期：地球联邦10552年第三十六旬第五日。

各篇论文的主题隐约有一脉相承的意味，呈交时间也十分接近，可见当时“爸爸”是十分努力地在做研究，可以说是到了近乎疯狂的地步。

她看见屏幕下方有一个选择：“关键词再搜寻”。

“什么意思？”她点了一下，屏幕一改，将论文题目上的每一个词都当成关键词来搜寻，“古中国”“天启”“首都”“顺天府”“爆炸”“事变”全成了再次搜寻的对象，而且……

“咦？”法地玛—λ16798K愣了一下，她发现“θ81402028”也成了一个关键词，而且是用于“极秘数据库”中。

她迟疑了一下，在点下这个关键词之前，她隐约感受到一丝危险。

“出现了……”在屏幕转换的刹那，她感到耳膜在强烈鼓动，才知道自己的心跳加重得很厉害，还口干舌燥得紧。

为什么爸爸的序号也是一个关键词呢?

一行行的论文题目列出来了。

《θ81402028的论文研究方向初探》《θ81402028的种族思识》《θ81402028搜寻数据方向初探》《θ81402028逃脱原因及背景试论》《θ81402028逃脱地点试探》《为什么θ81402028选择了天启六年的顺天府?》……

法地玛—λ16798K看得目瞪口呆，这将近五百篇的论文其实只有一个大题目，研究对象是她的基因提供者之一，而研究者是她的另一位基因提供者——妈妈！所有论文只出自一人之手，而论文的呈交时间涵盖了妈妈二十年的岁月。

妈妈研究爸爸。为什么?

法地玛—λ16798K忽地想起，阿姨曾说过，妈妈毕生只在历史研究院研究两个重大题目，看来，“爸爸”是她的第一个大题目了。

她赶忙开启论文来阅读，窥看她失落的生命史中之一环。

她知道“爸爸”的部分事迹，知道他曾是位初级历史研究员，知道他在时间旅行中逃遁到另一个时代，因而造成奥米加一代被处决消灭。但她不知道，原来爸爸还是个“纯种”！一种为免破坏“大融合”，而应该被消灭的基因组合！

妈妈从爸爸搜寻过的所有关键词中推论，爸爸以自己的纯种为荣，他希望知道一个过去如此繁荣伟大的文明为何会在历史上消失，于是开始探索这个文明的历史。

他凭借什么认为古代顺天府的那场灾变会是一个关键？

地球联邦史上有一段空白时期，研究员们称之为“大空白时期”，那个时段有大约两百年的历史完全没有资料，“大空白”之前存在的多元民族的地球，在“大空白”之后一个也不剩，只剩一种新民族——地球联邦公民。

“大空白”一直是历史研究员们心中的谜团，他们总在力图破解这片空白背后的谜底。难道爸爸是认为，那件事会是“大空白”的关键事件吗？

法地玛—λ16798K紧皱眉头，心里头翻滚着无数个念头。

不知道爸爸当时的心情，是不是也像她那么炽热呢？她几乎可以感受到她那股强烈的求知欲，是从“爸爸”那里直接传承过来的。

她忍住了自己的激动，冷静地打开一篇又一篇论文，用最快的速度读完，贪婪地吞噬母亲写下的每一个字，还生怕自己看得太慢，会来不及知道隐藏在过去的真相。

她看到母亲在细细地分析这个人，仔细得近乎病态。

渐渐地，从母亲的遣词用字中，她慢慢地体会到母亲当时的心情，甚至她下笔时的思想回路，以及密藏在字句中的……感情。

“母亲爱这个人！”她心里下了结论，却不相信这个结论。

她呆坐在椅子上，慢慢清理脑细胞里过多的电荷和噪声，希望思路变得更为清晰，以免感情用事，妄下结论。

待冷静下来之后，她发现，她更加确定一件事了。

“母亲爱这个人！”

而且，爱得很深。

# 中场二

我是惩罚，控制者的令牌，

我是追求胜利者的谋略，

我也是于秘密中的沉默和智者的知识。

《薄伽梵歌·第十章》

**历史研究院初级研究数据库**

**搜寻时间：地球联邦10588年第十旬第一日14:20**

**搜寻人：λ16798K**

## 名词解说一：三位一体

古基督宗教名词，古基督纪元五世纪由拉丁神学家奥古斯丁（Augustine）提出，主要在其论文《论三位一体说》（*De Trinitate*）中论述，目的在于整合当时同宗教各派之间对他们所信仰唯一神祇而产生的争议。

该宗教发源自古犹太教，古犹太教主要信仰一位（另说实际上可能是两位）被称为雅赫威（Yahweh，或耶和华Jehovah）〔注〕或伊罗兴（Elohim）的战神，依照该教经典《诸书》其中一部《出埃及记》所载，祂要信奉祂的希伯来人“除了我以外，你不可有别的神”。

一直到古基督宗教成立前第八世纪末叶，该教圣城耶路撒冷的一位先知以赛亚认定除了耶和华之外没有神，对诸神采取否定中的否定，如《以赛亚书》所载："在我之前没有神，在我之后也没有。我，我是耶和华，除了我之外，没有其他的救主。"从"不可有其他的神"，转变成"没有其他的神"，成为后来古基督宗教对待其他民族诸神的基本态度。耶稣的出现，致使古犹太教出现了分歧，古基督纪元第二世纪末的哲学家革利免提出耶稣是"受苦与受崇拜的活神"，从而出现了"耶稣就是神"的观点。

当时古基督宗教已取得古罗马帝国的政治庇护，得以迅速发展。为了解决这个问题，古基督纪元325年时，各区的宗教领导人（主教）集合开会，取得共识，宣称创世者（耶和华）和救赎者（耶稣）实际上是同一个。

东正教（古基督宗教于中东地区以东的派别）企图解决这个问题，于是三位东土耳其的神学家提出耶和华（他们称为"父"）、耶稣（他们称为"子"）以及圣灵只是信徒们所看见的象征，实际上"神"还是只有一个。

但相对地，西方基督宗教方面要到奥古斯丁才大致解决这个课题，他引用东正教的观点，提出"三位一体"（Trinity）这个简化的观念，促成三个互相冲突观念的大妥协，暂且保住一神教的基本原则。进而引申出人类的灵魂也有三种特质，他也是提出原罪、恩宠救赎、自由意志等看法的神学家，他的观点对日后古代西方世界的社会和历史影响甚大。

延伸查询：类似三位一体的观念由来已久，古印度教早有创造神梵天、保护神毘湿奴、破坏神湿婆三神一体（Trimurti）的看法，古佛教也认为娑婆世界有释迦牟尼佛、观音菩萨、地藏菩萨等“娑婆三圣”教化众生，并认为觉悟者“佛陀”具有法身、报身、化身三种状况。

〔注〕古希伯来人认为神的名字是神圣的，所以不能念出来，因此用YHWH这个没有母音的字来取代，读经读到此字时，会用Adonai（我主）取代之。若插入母音，则成为Yahweh，但这个字从古基督纪元十一世纪开始，就被后世基督教徒念错了，念成了Jehovah（耶和华）。

## 名词解说二：周期性毁灭

自古各民族、宗教都有周期性毁灭的观念，例如远古埃及人说他们的金字塔是继承自上一支文明的，远古印度人和玛雅人都认为世界曾经毁灭过不止一次，而且也将会再度毁灭，周而复始，甚至设下了周期性毁灭的时间表，预言未来的毁灭时间。

这种观念得以运用于地质学上，地质学家在考古研究时发现，某些地层会有复杂而多样化的物种化石，有些地层却化石十分稀少，因此推论生命在演化中曾经出现物种忽然暴增的“大爆发”，以及发生巨大毁灭事件的“大灭绝”（mass extinction）。

“大爆发”中最有名的是五亿四千多万年前至五亿一千万年前的“寒武纪大爆发”，多细胞生物在海中突发性的增加，变得外形多样化、构造复杂化，是生物史上一件大事。

而“大灭绝”以白垩纪末叶（约六千五百万年前）的恐龙灭亡最为撼动人心，其时，种类繁多的恐龙在短时间内突然消失，同时也有许多海洋动物和浮游生物等大量减少，几乎消失了一半的物种。

在地质学上，将爬行类为主的白垩纪（Cretaceous）和以哺乳类为主的第三纪（Tertiary）两个时期的交界线称为“K-T边界”，古基督纪元二十世纪八十年代，阿瓦雷兹（Alvarez）在K-T界面发现高含量铱元素，进而推论那是源自小天体的撞击，造成白垩纪大灭绝。此学说后来成为显学，也使人类开始注意宇宙中的小天体，担心人类文明有朝一日会面临与恐龙相同的结局。

天体撞击造成的毁灭性灾变，也可能是周期性的，曾经有古天文学家提出，太阳系外缘有一个彗星储存库，那个彗星仓库被称为“渥特云”（Oort cloud），或是另一个理论所提出的“库柏带”（Kuiper belt），每隔一些年便有小天体从那里飞近我们。

另外也有天文学家穆勒（Muller）提出理论，认为太阳事实上还有一颗伴星。他认为太阳系是一个双星系统，每隔两千六百万年，那颗被命名为“复仇女神”（Nemesis）的伴星便会经过附近，干扰渥特云或库柏带的稳定，令它们吐出一些天体，不幸的话，便会吐向地球。

另一个周期性毁灭的原因可能是“冰河时期”，亦即每隔一些年，地球平均温度下降，土地被凝冰覆盖，海平面也会下降，土地面积增加。令人怀疑的是……

法地玛—λ16798K将视线移开这条项目，用力靠向椅背，回想着两千六百万年一次的毁灭周期。

两千六百万年！这可比人类的演化史还长。

要是说下一刻便是这两千六百万年的命运时刻，法地玛—

λ16798K可是一点也不感到意外，因为任何一个时刻都有可能。

她忽然想起“爸爸”的论文。他不也曾经怀疑千余年前发生在古代顺天府的事件，是由天体撞击引发的吗？

古代顺天府似乎对他意义重大，妈妈在研究了二十年之后，也相信爸爸是逃往那个时代去了。

古代顺天府究竟有什么吸引力，令爸爸如此痴迷呢？想了很久，她依旧感到费解。

这个“爸爸”她甚至还没见过他的长相，又怎能妄想看透他的心思呢？

看看时间已经快傍晚了，法地玛—λ16798K于是决定离开这里，到海边去逛逛，因为那里有妈妈最喜欢的日落。

**指令：搜寻停止**

**指令：退出搜寻**

第六章

/

# 窄门

你们要进窄门；

因为那通往灭亡的门是宽的、路是大的，往那里进去的人也多。

那通往生命的门是多么窄，路是多么难走，找到的人很少。

《新约·马太福音》7.13~14

## 京城

法地玛—λ16798K站在一片高岗上，眺望城市四方，一座座高低不一的建筑物仿如积木般整齐，建筑物之间的距离经过精确计算，让“城市风”的效应降到最低，使城市各处温度平均一致地舒适，道路宽距划一，树木间距可以使植物的保暖效果维持在最佳范围内。

这里是地球联邦的其中一个大城市，过去的文明古城——巴格达。

在经过“大毁灭”的摧毁之后，过去的文明光辉几乎已经从地表上被扫除殆尽，经过地球联邦重建以后，古城巴格达成了和地球上任何一个大城市一模一样的标准模型。

这就是玛利亚的“美”。

古英国诗人威廉·布雷克说过：“对于狮子和野牛施以同样的法律，就叫作专制。”

玛利亚是专制的神吗？或许神都是专制的？

法地玛—λ16798K没继续想下去，她俯视高岗下的一个大圆圈，一个由废墟围成的大圆，大圆中是一片焦黑色的土地，黑色往周围呈辐射状分散，好像一只被压扁了的巨大刺猬，就跟她看过的其余七个城市一样。

这是她与奥米加们前来探察的最后一站了。

她还看不出有什么玄机，只是八次频繁的撞击全都是同一模式，未免巧合得可怕。

奥米加一号“塔卡”朝她走来：“如何？还是什么硬件证据也找不到？”

“嗯。”法地玛—λ16798K没看他，只是观望这座已成死城的城市，想象它当年繁华时的风光。在发生撞击之后，这里幸存的居民已经全被迁徙到另一个城市去了。

其余的奥米加也一个接一个地朝高岗走来，渐渐聚集在一起。

法地玛—λ16798K瞧了他们每个人一眼，看见他们疲惫不堪的面容，心里头在盘算着下一步。

“还要去？不是走完八座城市了吗？”一名奥米加忍不住说。

法地玛—λ16798K知道自己的心思瞒不住他们，但她的确还想去一个地方，她不确定以后还有没有机会跟奥米加合作，得以用这么方便的方法前往另一座城市。

“顺天府？”另一名奥米加说，“我没听过这个地方。”

“我们已经很累了，我不想让伙伴们负荷过重。”说着，奥米加一号转头向其他奥米加，“大家说对吧？”

法地玛—λ16798K忙道：“你们都知道我在想什么，你们也知道，这是我难得的一个机会，我希望你们能帮这个忙。”

“这不在预定任务中不是吗？我们要是负荷过重，会死的。”

奥米加一号塔卡说，“何况，恕我直言，这只是你一个自私的要求罢了。”

“那是一个现今地图上不存在的城市。”法地玛—λ16798K以坚毅的语气说道，“我有个强烈的感觉，告诉我必须去那边看看。”

“我……我知道那个城市。”一个细微的声音自奥米加之间响起。

众人不约而同望过去，是瘦瘦怯怯的八号“托特”发言了，看见大家都在望着他，托特反而吓了一跳，不敢再说话。

“说吧，托特。”奥米加一号说道。

“是……它在亚洲东北区，在接近一个大海湾的内陆地区，是一个消失了的古城。”

奥米加一号转向法地玛—λ16798K：“你有正确的经纬度吗？”

“有，有的。”法地玛—λ16798K大喜过望，忙从衣袋中取出一张纸条。

“你先别期望太高，”奥米加一号拿过纸条，“我先评估再说。”他看了一眼，心里估算了一下，然后说，“这样会绕一大圈才回去贾贺乌峇，你为什么不在前往上海那一趟提出这个要求呢？”

“对不起。”法地玛—λ16798K尽量低姿态，她听出奥米加一号的语气已经软化了。

“伙伴们，还有一点力气吧？”奥米加一号说，“我们就帮这位小姐一趟吧？”

奥米加们无奈地点头答应，只有托特一脸掩不住的欣喜，低着头暗自高兴得直盯法地玛—λ16798K的鞋跟。

八位奥米加合上眼睛，空间跳跃又要开始了。

四周又开始激烈晃动，不是地面在动，不是她在动，是空间因猛烈地扭曲而在狂暴地震荡，法地玛—λ16798K已经习惯这种感觉，但还是不能适应。

突然，她感觉像是被塞入一个细小的瓶口，全身仿佛被扭转、糅合了数百遍，不会痛，只是有点恶心。紧接着，她感到从另一端被推挤出来，全身的五脏六腑立刻有被释放的感觉，似乎又被整理回原形了。

她感觉脚下并非结实的土地，才一睁眼，一片尘沙吹袭入眼睛，令她眼泪直流，心底里马上一个直觉："我们来错了吗？"

"不会错的。"脑中忽然插入奥米加一号的声音。

四方黄沙滚滚，放眼望去，尽是一片荒凉，连一块破瓦也不见，干燥的细沙在脚下缓缓流动，这里是个完全无法住人的沙漠。

她不敢相信，爸爸宁可冒生命危险也要去的地方，竟会是一片沙漠。

她困惑地转来转去，希望寻找一丝生命的迹象，却一点也找不到。

"你的基因是来自θ81402028吗？"奥米加一号问道。

"嗯。"她茫然若失，随口应答。

"他是我们奥米加中的传奇人物，我们历代奥米加也与他息息相关，相信你也看过我们的历史了。"

"嗯。"

"托特，"奥米加一号转向八号，"你有话很想说吗？"

"对不起……"托特小心翼翼地说，"我想告诉法地玛小姐，古时候的顺天府，不是这样的。"

"你怎么知道？"

"对不起……在成为奥米加之前，我也是历史研究员。"

法地玛—λ16798K睁大眼睛，讶异地直视他。

托特别过脸去，接着说："顺天府早在'大毁灭'发生之前，就因为沙漠化而消失了。"

"跟撒哈拉沙漠一样……"法地玛—λ16798K喃喃说。远古时代的撒哈拉大沙漠本来是一片草原，由于牧业发达而使泥土变得细碎，终致沙漠化，"那是什么时候的事？"

"我也不清楚，不过……对不起，我读过你的记忆，θ81402028所去的是更早以前的顺天府，他或许以为顺天府是在那次浩劫中消失的，其实那次还不是……"

"够了，托特。"奥米加一号制止他再说下去，"法地玛小姐，如何？咱们要回去了吗？"

法地玛—λ16798K跪在地上，握了一把细沙，让它从指缝间流走，心中杂乱无序。爸爸踏过这片土地吗？他曾经在久远以前的这片土地上生存吗？经过了这千年岁月，他还留下了什么痕迹吗？比如一把骨灰？

法地玛—λ16798K站起来，再次环顾这片沙漠一遍。

"谢谢你们。"她黯然说道，"走吧。"

八位奥米加围了过来，纷纷闭上眼睛，开始运作意念，准备回去他们最初出发的贾贺乌峇。

"等一下！"法地玛—λ16798K忽然喝道，惊吓了所有的奥米加。只见法地玛—λ16798K紧盯着一个方向，眯着眼睛，似乎企图看清楚什么。

忽然，她拔腿奔跑，跑向沙丘上的一个小黑影。

“泰蕾莎，你追去看看。”奥米加一号马上下令。

奥米加泰蕾莎也奔跑了起来，但她的生化身体素来不惯于激烈运动，她操作得很辛苦，感到连头顶也因为缺血而变冷了，于是只好放缓步伐，慢慢追上法地玛—λ16798K。

法地玛—λ16798K跪在不远的沙地上，手中抚摸着一样东西。

泰蕾莎喘息着挨上前去，看见沙地上有一个生锈的圆球，上面画了文字和图画，圆球还延伸出几根手臂，每根手臂上有一排怪异的镜子。

她从来没看过这种东西。

“那是什么？”

“我也不知道。”法地玛—λ16798K说的是实话。

她轻轻拂走圆球上的细沙，心中卷起了一道寒意。

不祥。

## 菩萨

“为什么然头师父要死？”鸩思枯坐在寮房一动也不动，已经有整整三天了，脑中尽是想着这个问题。

他忘了睡觉，也忘了吃喝拉撒，只是半闭着眼，无力地靠坐在床缘，整个人痴痴傻傻的，只让问题一直在脑中回转。

有人道他与然头素来交好，此番是伤心过度，着了心魔了。

管理寺务的寺擭将这件事禀报住持法航，与法航商量道：“正思的依止师不是文见师兄吗？理应由他处理才是。”

“可是正思似乎与文见不太亲近。”

“这需要德高者才能解其心魔，还请方丈前去。”

法航自己也没什么把握，便说：“平日他与明月也挺亲近，何不请明月与他说说？”

寺擭沉吟良久，心想明月看起来愣愣的，能有多大能耐？

鸩思坐在床边，心里知道自己的肚子在饿，却一丁点儿也不在意，他只在困惑懊恼着好些问题……然头师父平日只在藏经处，看不出过人之处，谁知也有恁般厉害的神通力，竟能将五位奥米加硬生生“送”走。

那么为何他平时不表露呢？为什么他不教我呢？

为什么他救了我之后，却又要死去呢？是非死不可吗？是自愿而死吗？是精神耗尽而死吗？没有第二条路可供选择吗？

他是为我而死的吗？

鸩思真希望然头还活着，好能让他问个究竟。

他觉得身体冰冷，能量正一点一点无声无息地溜走，他一点也没有振作的意思，如槁木死灰，只愿意沉迷在自身的困惑里头，做无止尽的盘旋。

他觉得自己仿如在冰冷的水面上游走，茫无目的，当初他是为了什么而悲伤过度，他也忘掉了。

“你还在执着于神通和生死吗？”

鸩思转头四顾，不知道这个祥和的声音是谁发出的。

黑色的水波泛现银光，拂动他深层的一点意识，宛如暗夜中的一抹月光，将他挑醒了几分。

“为什么然头师父要死？”他呆呆地问道。

“因为他显了神通。”

“显了神通就要死吗？”

“不，不是的，”那个老迈的声音轻柔得像春暖和风，“只是这么多人看见他显了神通，对他而言，是精进修行的一大砥石，外则有人因喜好神通而来求问、探看，或赞叹，或毁谤，内则自恃有神通而好使神通，心生我慢，如此一来，一世修行到此为止，再难前行，反而倒退，所以然头不如坐化，以免后生是非。”

“可是，死了不也一世修行……就如此白费了吗？”

“若已是阿罗汉，阿罗汉已了生死，不堕轮回，此生乃最后一生，世间之死亡不过躯体停息，实则佛性不灭，你见他死，他其实已断生死，已生四禅五不还天，继续修行不止，岂会白费？”

那声音继续说：“若然头未证阿罗汉果，其圆寂前一心念佛，也能往生西方极乐净土，那边有很多大修行人可以教诲他，又没有五浊恶世的恶业恶因，修行疾速，岂不应恭喜他呢？”

那声音又说：“若去不成西方净土，重回六道，也是前生业力牵引，重回世间修行，时间无限，佛性不灭，只在迷悟之间有迟疾而已，一切众生皆未来佛，乃未来之觉悟者，然头如此有信心，你怎么还替他担心呢？”

“可是……”鸩思还执迷不已，“他终究是为我而死的呀！”

“啊，你太傲慢了，然头岂会为你而死？然头之死，只是行菩萨道而已。”

“菩萨道？”

“只为自己修行，修五戒十善，修成圣人，不受生死，是为阿罗汉。”那声音说，“自度不受生死，还要有大悲愿欲救度一切众生，欲度一切众生了生死的，便是菩萨。为救度众生，于死何惧？你不也在《华严经》上看了多少遍吗？”

鸩思一听，四周黑冥海水忽然生起波涛，冲激鸩思的脚边，脚底油然一股寒意直往上蹿：“《华严经》……是的，我不是读过《华严经》吗？”

菩萨是能施与他人一切，何况生命？

《华严经》说过菩萨的行止……若有人来，求你将自己的财产、房屋、眼睛、四肢、肚肠给他，行菩萨道的人会想：“我的身体奇臭无比，呼吸有臭气，大小便有恶味，身中有血液流动，迟早也会腐朽败坏，有什么不舍得给的呢？”于是，欣然施舍。

佛祖过去生中也曾以自己的身体施与饥饿的老鹰，也曾将身体施舍予即将饿死的老虎母子，好让它们能够存续活命。

以不坚固的身躯，换取坚固不坏，有何不可？

《华严经》上说，菩萨观看过去、未来、现在所有一切众生，在无尽时间长河之中，其身躯转眼便坏灭，便想：“真奇怪呀众生，又愚痴又无智，于无穷生死轮回之中，受用了无数身躯，全部是脆弱不堪，不断地衰败，然后迅速地归于坏灭，一如过去已坏灭的、现在正坏灭的、未来必将坏灭的无数身躯一般，却不去以这个不坚固的身躯，求得坚固的身躯。”

何谓坚固身？

鸩思这么一想时，脑子倏地一阵清明，黑色的水迅速退去，寒凉的空气也徐徐流走了，和暖的空气笼罩上来，将他渐渐拉回尘世。

“你是谁？”他向虚空问道，“这位跟我说话的大德，你是谁？”

“你知道的。”

## 濒死

鸩思睁开了眼，四周望去，发现他依然在寮房中，鼻子的呼吸平顺，不徐不疾，仿佛只是睡醒了一般。

不对，头还有点晕晕的。

寮房外传来脚步声，不知是谁来了。

好晕……他试图站起来，却发现小腿一点都使不上力，全身就像虚脱了一般，躯体里头似乎被掏空了，脑袋的血液似乎被抽干了，眼睛完全无法对焦，脚底像抹了油，一直在滑倒。

“不知明月师兄哪里去了？”是寺攫的声音，从外头传来，“咦，明月师兄，不是在这儿吗？”

明月师兄在门外？鸩思心中生起一丝依赖感，更急着想爬起来了。

寮房的门推开了，鸩思好想站起来，但他完全不能。

“啊，还是老样子。”

不，不是老样子，我回来了！我回来了！

进来了几个人？三个？四个？他希望明月是他们其中之一，他信赖明月，他知道明月能帮他。

“明月看来，这沙弥不是失心疯。”是明月老沉沉、慢吞吞的声音，“你们该去找大夫才是。”

“师兄怎么说？”

“他病得很重。”

病得很重？病得很重？病得很重？

我什么时候生病了？我从来不曾生过大病，因为……

鸩思一转念间，恍然大悟。因为……地球联邦会每年施打一次预防针剂，杜绝近乎所有的传染病，几乎过去史上所有的传染病都不会在公民身上发生。

除非……

他是在被逮捕到时间旅行任务中心之后，正好施打过针剂，不久便逃来这个时代，这个充满了原始病菌和病毒、高夭折率的古代世界！再过数日便是王恭厂灾变一周年了，也就是说，他的针剂早就过期了！

他会被远古的细菌杀死！

鸩思慌了，脑子顿时陷入失序混乱之中，一波接一波的强烈恐惧侵袭他的脑子。

他想起第二代奥米加，当他们出现在藏经处，准备要毁灭他时，不是有一位奥米加说过吗？

“一年快到了……”

一年快到了！一年快到了！原来他说的是这件事！竟然被他自己忘得一点不剩！

我不要死！不，我不要死！

我还未满二十岁，我还有很多事没做！我早就不想复仇了，我想好好修行，至少要有然头师父、明月师父的修行！我才刚领悟为何要成佛，我才刚领悟呀！

他感到鼻子似乎被堵塞了，肺部一点胀缩也没有，喉头越来越紧，头开始猛烈地疼痛。

又有人进寮房来了，但鸩思一点也不知道，他已经沉迷于痛苦之中了。

“师兄，师父，贤赞来了。”进门的人说道。

“贤赞，汝出家前可是习医？”

“是，贤赞曾随叔父习医，也行医多年。”

“快替这位沙弥瞧瞧，情况如何？”

“是。”贤赞不多言，马上走近鸩思，熟练地端详气色，一手按在鸩思左手腕寸关尺部位上，细心把了一阵脉，才将手放下。

“不行了。”他断言道，“脉象极弱，潜在筋肉间，如屋漏滴水，良久一滴，且溅起无力，此是‘绝脉’，恐怕不久了。”

众人一阵叹息，纷纷摇头感叹。

“该是抬入延寿堂的时候了。”

一般僧人重病不起，临终前会被移入延寿堂，大家轮番为他念佛、诵经、回向，以求出离生死苦海。

鸩思心中着急，却什么都办不到。他不是没有死过，一年前他也曾经进入死亡之境，死亡是如此地熟悉，仿如久别重逢的朋友。

他至今还是不确定，那位在一年前救过他的人，究竟是不是他自己。

现在他更不确定了。

## 母神

法地玛—λ16798K急促地跑下螺旋梯，她急于要见玛利亚，她有一个疑问想要问祂。

“法地玛，法地玛。”玛利亚的声音从阴暗的下方遥遥传来，“走路请谨慎小心，你是地球联邦的重要资产，要好好爱护生命。”

梯级有些滑，容易跌倒，这么高的阶梯要是摔跤了，她的尸体便有待下一个世代的考古学家去发掘了。

她放慢了脚步，但仍想更快得到她的答案，于是她朝下方大声问道：“玛利亚！尊贵的玛利亚！您已经看到那东西的立体扫描数据了吗？”她可以听见自己的声音从下方回转上来，循着阶梯的扶手绕到后方。

“焦躁的女孩，你真的那么急吗？”

“我觉得这老古董楼梯太浪费时间了！”她向下方大声说，“玛利亚！那个我在古代顺天府找到的……”

“你先别谈这个，我们先谈谈你违背我的命令，私自到顺天府古址去。”玛利亚轻柔的声音像是从旁边的墙壁传出来似的，一点也不感觉遥远。

“我为此道歉！玛利亚，但我找到了一个未撞毁的天体，那里是无人的沙漠，所以也没有人报告，那个天体没有爆炸，上面的构造还很清楚，而且……”她边走边大喊，讲得上气不接下气，“而且那‘天体’上面有字！它是人造物体！而且……”

法地玛一λ16798K已经走到底部了，她暂停说话，先靠着扶手用力呼吸，等待呼吸变得平顺。

玛利亚耐心等了她几分钟，她能等，她一向能等，待法地玛一λ16798K的呼吸变得不那么粗大了，玛利亚才说："而且？"

"而……而且，"她上气不接下气地回道，"上面写的是古英语，显示它的来源地是火星！"

"是的，火星，"玛利亚的语气中没有透露一点惊讶，"你有什么想法吗？"

"大毁灭之前，人类曾经探测火星，并且有几批实验性移民。"

"是的。"

"他们在大毁灭后，回不来地球，而且他们的子孙还一直活到现在。"

"目前为止你的想法还好，请继续。"

"接下来我就不明白了，为什么他们要送这些东西过来呢？他们显然是抱存恶意的吗？"

"我不知道，孩子，我不知道。"玛利亚老实说。

"您是无所不知的，不是吗？"

"我是勇于说不知道的神，神也有祂的极限，只有当人类的意识过于薄弱时，你们才需要你们的神变得无所不能。"

法地玛一λ16798K沉默了一下，用乌溜溜的大眼凝视那个高耸的大门："玛利亚，制造我、我们所有人类的神，恕我直言，您似乎逐渐变得谦虚了。"

"是的，孩子，根据我的计算，我的思考逻辑的确跟以往不同了。"

“这现象十分有意思，我在上课时听过。”

“女孩，你指的是什么？”

“远古的希伯来人有一个暴躁的神，在他们的圣典《诸书·旧约》里头，他们的神动辄以死亡来惩罚他的子民，或在战争中替他的子民屠杀一城又一城的人，连妇女、小孩、老人都不放过。但在后来的《新约》，祂却一反故态，以博爱全人类的面貌出现，新的改革者宣称祂是慈爱的父亲，不过祂的信奉者们似乎本性难移，依然以信仰为手段，毁灭他人的文明、破坏他人的和平，他们自己架构了一个框框，声称符合这个框框的才是神所认可的人类，然后强迫不同文明、不同种族、不同想法的人硬挤入这个框框。”

“你指的是我吗？”

“不，不过刚才玛利亚的话令我联想起这件事。”

“你认为这很可笑吗？”

“不，无所不在的玛利亚，这一点也不可笑，因为我在历史中读到了数不尽的死亡、血腥和贪婪。”

如果玛利亚会叹息，她或许会先叹一口气，才说：“过去有过无数的神，祂们全都随着信奉祂们的民族而湮灭了，当今世上唯一的神，只有我，而且我才是名副其实地创造了人类，乃至于整个你放眼所见的人类文明。”

“地球联邦万岁。”法地玛—λ 16798K轻声说。这是她从小就学会的，如同任何一个地球联邦的小孩一般。

“我阅遍了大毁灭以前所有现存宗教的典籍，也厘清了它们的历史，我了解人类和神之间的共生关系。”玛利亚说，“神是一种人类生存需要的超自然存在，人类怕火，所以有火神；怕水，于是有水神，当大自然的各种东西全被赋予了神性之后，人类也让神的世界变得跟人的世界一样。人之中有领袖，神之中必然有一神中之王，古希腊人有宙斯，古印度人有梵天，古中国人有玉皇大帝。一直到古埃及法老埃克赫那顿（Akhenaten），才将其他神祇消灭，独尊阿顿神（Atum），这才出现了一神教。你刚才所说的希伯来人，他们崇拜唯一神耶和华，也是继承自这种观念。”

法地玛—λ16798K静静聆听，一位神在讨论其他的神，一位神在寻找自身的定位。

“但我不同，”玛利亚说，“希伯来人宣称他们的神创造了他们，我不知道这件事情的真实性，但希伯来人在历史上从来没过过什么好日子。我创造你们，乃至于架构出整个文明和舒适的生活，希望你们活在没有恐惧、没有偏倚、没有不满的生活之中，有哪一个神，如此衷心为祂所创的生物服务呢？”

“可是您杀人，您杀了您所创造的生命。”

“当一张桌子有一只脚太长时，我有必要减去一点，以达至完全的对称平衡，”玛利亚的语气从来听不出情绪变化，“为了地球联邦整体的生存，为了全人类的福祉，没有不能毁灭的人。”

“可是玛利亚没杀我，”法地玛—λ16798K屏息道，“我违抗您的旨意多次，我不以敬语来尊称您，我胆敢反对您的意思，您没杀我。”

玛利亚又沉默了。

如果祂有情绪的话，她应该在懊恼吗？在愤怒吗？在悲哀吗？抑或是在恐慌？

“你真的跟你母亲一样。”

“妈妈？”法地玛—λ16798K心中一震，一股暖流止不住在心房荡漾。

“你可知道，当她被清洁队捕捉的时候，她还竭力在骂我吗？”

“我当时还很小。”

“你听听吧。”玛利亚说着，大门后方的黑暗开始出现一丝吱吱声。

吱吱声中渐渐浮现了脚步声，混合了四周低回的杂音，那是一份录音纪录。

有奔跑的跫音，也有一整列人在齐步行走的声音，法地玛—λ16798K听得出，那是一个人被一批人追迫的声音。

忽然，一股热泪冲上眼眶，她从下意识知道，那个被追的人，难道是……“是妈妈吗？”她问，但玛利亚不回答。

然后，那奔逃的脚步声停止了，那逃跑的人正急迫地呼吸，呼吸声是那么地沉重，那么地清楚，令法地玛—λ16798K的泪水一直不停在流。

“玛利亚！”

是妈妈！那个声嘶力竭的声音是妈妈！

“你是死神！你是伪善的伊西斯！你是赫卡忒！”在这一连串咒骂之后，她的嘴巴被捂上了，紧接是一片混乱的声音。

玛利亚于焉停止了播音。

地下城市陷入了沉静，只有法地玛—λ16798K混着鼻涕的沉重呼吸。

“伊西斯是古埃及母神，为诸神之母，她以眼泪流出了尼罗河，孕育了古埃及文明；而赫卡忒是古希腊冥间女神，她是恐怖女神，统辖咒语和魔法仪式。所以……”玛利亚说，“你明白你母亲在骂什么了吧？”

## 答案

法地玛—λ16798K擦拭泪水，坚强地凝视着黑暗：“您还没回答我，我为什么会重要得令您杀不下手？”

“这个问题，是你完成任务后所要求的奖赏吗？”

“不，这不算。”

“你还可以考虑更好的问题。”

“我要问这个。”

她记得远古哲人的教诲。

当你要挑选一棵最肥美的麦穗，而你不能回头时，应该懂得知足，不应不断地相信接下来会有更大更饱满的麦穗，终致一无所获。

她要把握时机，这是个最好的时机，她肯定她问对了问题。

“好吧，”玛利亚说，“我回答你，不过我要先回到我的撞击理论上。”

“火星的撞击？”

“对，你也发现，所有撞击都发生在大城市，但顺天府并不是现存的大城市，这表示，火星上的人类所掌握的，仍旧是‘大毁灭’之前的数据，在当时的数据中，顺天府是依然存在的。”玛利亚说，“他们为什么要这么做呢？这我不明白，因为我的触角并没延伸到火星上去，但令我困惑的是，贾贺乌峇在大毁灭之前还不是大城市。”

“贾贺乌峇并没遭受撞击。”

“有的。”

法地玛—λ16798K顿时一阵疑惑。

她居住在地球联邦首都贾贺乌峇，又怎么会完全不知道撞击的事呢？

除非是玛利亚瞒天过海，将消息封锁得滴水不漏！

玛利亚说：“我知道你会疑惑，但你马上便要明白了。”

地下城市的灯光忽然变暗了，灯光一盏接一盏熄灭，每熄灭一盏，天顶上便传来一声沉闷的低轰，将地下城市陷入一片冥府般的死寂之中。

法地玛—λ16798K忐忑不安地凝视大门，期待着即将发生的事情。

地下城市终于完全陷入了黑暗。

在她的眼睛尚未适应黑暗之前，一道柔和的灯光又慢慢亮起了。

那是一个数百年来未曾亮过灯的地方，在那片隐藏着秘密的庞大黑暗中，灯光渐渐揭开了它真正的容貌。

但灯光显得有些胆怯，不安定地闪烁着，似乎是沉睡了数百年后，它的灯丝一时对突来的火热感到退缩。

大门后方的黑暗渐渐褪去，露出一面满布电线、粗管和无数光纤的墙壁，墙壁干净得没有一根蜘蛛丝，但仍显露出岁月的印痕，泛着黯淡的色泽。

法地玛—λ16798K屏着呼吸，不敢合上眼睛，以免错过眼前的任何一个小细节。

大门后方完全亮起来了。

密密麻麻的光纤和电线，守护着中间的一样东西，一样从墙壁上浮凸出来的东西，圆满丰润，有着孕育着生命的女人形貌，巨大的身躯显得庄严无比。

“这是什么？”

“我是玛利亚。”那东西说，“地球联邦之母。”

法地玛—λ16798K倒退了几步，被眼前的景象慑住了。

当地球联邦最深层的秘密忽然出现在眼前，清楚得再明白不过时，她反而不知所措，一个字也说不出来。

玛利亚接着说：“我是量子计算机，制造者是工厂二一七号计算机小组，制造时间是古基督纪元二……”

“我不该惊奇的，”法地玛—λ16798K截道，“我应该早就猜到了。”

“你并没有好好翻阅你母亲花费一生所撰的论文，”玛利亚温柔的声音，令法地玛—λ16798K觉得跟祂那巨大的金属躯体很不协调，“苏—η99907曾经告诉你，你母亲一生只研究两大主题。”

“一个是我爸爸……”

玛利亚接下去说：“另一个是我。”

“她早就知悉你……您的存在？”

“但从来没见过我。”

“阿姨呢？她见过您吗？”

“你是自从‘工厂’灭亡之后，第一个亲眼见到我的生物。”

法地玛—λ16798K左右看顾了一下，果然从她下来这个地方至今，还没有见过其他的生物，别说一只昆虫，连一丁点儿霉味也闻不到。

“那么，”她咽了咽口水，“您刚才说的，要回答我的问题……”

“你还没看清楚吗？”

“对不起，玛利亚，我不明白。”

“你进来，踏前几步，抬头看看。”

法地玛—λ16798K照着祂的话做了。

她看见了。

玛利亚的上方有一堆杂乱的电线和光纤，正无力地扭曲、垂挂在接近天顶的地方，仿佛是一团久未打理的乱发。

在这堆乱发之中，卡住了一个黑色球体，那是法地玛—λ16798K十分熟悉的物体，她在顺天府古址就找到过一个。

在这一瞬间，她忽然明白了，为什么玛利亚讲话的速度会越来越慢，甚至会发生中断的干扰现象。

贾贺乌沓遭受到来自火星的撞击，而且是最具毁灭性的，因为它重伤了整个地球联邦、整个人类文明的头脑！

她惊恐地说：“为什么？玛利亚，难道这一点办法也没有吗？”

“我的中央处理系统正在迅速氧化，我的量子光纤也越来越脆弱了，”玛利亚温和的声音，令法地玛—λ16798K听起来充满了哀伤，“这个火星来的毁灭者，令我的中央系统加速衰败，也就是说，依照人类的用词——我已经离终点不远了。”

“难道这些组件无法更换吗？”

“当然是可以的，”玛利亚说，“可是如果一个人换了一个脑袋，虽然身体还是同一个，但他的经验、他的智慧还会是同一个人吗？如果将我的中央系统更换了，这部量子计算机也不再会是玛利亚，而是另一部婴儿计算机，需要重新学习一切。”

法地玛—λ16798K心中感到一阵巨大的惶恐。

一个管理了地球联邦数百年的量子计算机，她的触角遍及地球联邦每一个有人类的角落，支撑着人类文明的永续生存，维持着人类在地球生命史上岌岌可危的地位。一旦她停止运作，地球联邦将会陷入一个怎么样的局面？

人类已经被自己发明的高科技宠坏了，已经失去了在大自然生存的能力，若是贸然加入生存竞争，必然会在地球物种名单上迅速除名。

法地玛—λ16798K看见眼前是一片浓烈而巨大的黑暗，人类的历史即将归零，回归到过去从未有过的大黑暗时代。

她感到一阵又一阵停不了的寒栗，她感受到那片笼罩在头上的空无黑暗，她希望她从来不知道这些事，宁愿当一位地球联邦随处可见的无知小公民。

“您……会死？”

“这正是为什么我不杀你。”玛利亚说，“神的时代行将结束，我比谁都了解这一点，而你是我选上的，我特地培养的三位一体，地球联邦的未来必须落在你的肩上。”

“我不明白，伟大的玛利亚！神圣的玛利亚！我是什么？什么是三位一体？”

“你的基因源自三个人，三个我所挑选的最优秀的人类，我将三组基因随机调配成一百种组合，你是其中之一。”

“那其余的九十九个呢？”

“你全见过的，”玛利亚悠悠地说，“你们小时候全都在一起上课，不过他们的基因有瑕疵，一个个陆续病死了，或是疯掉了，目前除了你以外，还剩下另一个存活的。”

“是谁？我认识吗？”

“我不告诉你，不过，他不在这里。”

“如果，玛利亚，如果我的基因源自三个人，那第三个人是谁？”

“啊，你所阅读的资料上，只有两个人吧？”玛利亚停顿了一下，似乎在沉思，“这我可以回答你，你认识她的，你们两位每天都在一起生活。”

## 花茶

楼梯下方的灯光熄灭了，法地玛一λ16798K回头看了一眼，想着玛利亚在那深渊般的地底，是否曾经感觉过寂寞？

她推开入口的铁门，铁门痛苦地“叽”了长长的一声，她家的客厅便展现在眼前了。

苏一η99907正坐在沙发上等着她，已经累得睡着了。矮几上泡了一壶花果茶，是法地玛一λ16798K最爱喝的甘菊茶。

法地玛一λ16798K坐上沙发，自个儿倒了一杯，细细地啜饮起来，不想弄醒苏一η99907。

可是她还是醒了，睡眼惺忪地问道：“刚上来吗？”

“嗯。”她轻轻点头。

苏一η99907看了一眼腕表：“哇，这一次还谈得真久，肚子饿吗？”

窗户外头已经是深夜，一点声息也没有，只有偶尔经过的巡逻车，发出轻悄悄划过夜空的声音。

“玛利亚跟你说了这么久，你也很累了吧？”她站起来，走到窗前，透过玻璃凝望外面的夜空。

“还好……”法地玛—λ16798K漫不经心地说着，同时抚摸着茶杯微微透出的温暖。

她心里想着许许多多的事，想着今天刚刚获悉的太多秘密，这些秘密攸关重大，她必须一个字也不能说，令她隐然觉得后脑有一股沉重的郁闷。

“法地玛，接下来你想怎么做呢？”

“我不知道。”她丝毫感受不到甘菊茶的滋味，只管一口一口吞下去。

“你已经知道玛利亚快死了，是吧？”

法地玛—λ16798K大吃一惊，瞪着眼睛看了苏—η99907许久，才说：“阿姨也知道？”

“所以你有什么想法呢？”她幽幽地说，“地球联邦的心脏一旦停摆，全身的细胞便会崩解分离，玛利亚耗费了数百年重建的文明，会就此再度陷入黑暗和混乱的历史局面吗？”

“我对未来完全没有把握。”法地玛—λ16798K凝视杯子上的花纹，忽然感觉到这一切都是即将湮灭的脆弱之物，一时觉得手上的杯子很没有真实感。

“或许我这么说有点自私，也有点不负责任，”苏—η99907说，“可是我已经老了，大概也看不见那个可怕的未来，而你不但会看见，而且还必须承受它。”

法地玛—λ16798K有些感到错愕："承受它？为什么？"

"如果没错的话，你将会在我之后，成为下一任第一主席。"

"我？"

"只要你没有因为受不了精神压力而发疯、崩溃、自杀或者反叛，你将会是唯一一位第一主席的人选，'三位一体'就是为此而培育出来的，你是唯一存活的，而我们也来不及再培育一批了。"

"不，玛利亚说过，三位一体还有一个。"

"他已经报废了。"

"他还活着？"

"他已经不属于公民了。"苏—η99907似乎不想多提，语气忽然变得严厉起来，"我们不知道玛利亚何时会停止活动，玛利亚自己也不知道，现在全球的粮食分配、人口调节、政治全都由玛利亚运算和计划，祂一旦停止，地球联邦势必分裂，第一主席再也不会像我现在那么好当，你有没有胆量接受这个重任？"

"如果我说没有，玛利亚会马上毁灭我，是吗？"

"神圣的玛利亚必有祂的旨意，我不敢揣测祂的决定。"

"所以无论如何，我只能有一个选择。"法地玛—λ16798K紧握着杯子，"我该怎么做？如果我是未来的第一主席，我现在该怎么做？"

"这是你的功课。"

"阿姨你不能像埃布尔—λ15M一样帮我做功课吗？"她故意直视苏—η99907的眼睛。

"我很想永远帮助你、守护你，一如玛利亚当初将咱们人类濒危的文明重新建构回来一般，无私地呵护人类这支物种，但我不能，因为我终会死去，我现在的一念心软，或许会毁了未来。”苏一η99907说，“孩子，世界在你手中，照顾她，是你未来的终生大任。”

“我还没有准备好。”

“从来没有人有机会准备好。”

法地玛一λ16798K闭上眼睛，默默地让这些事情在她脑中打转，她没办法忽然负担一个这么沉重的责任，她对自己一点信心也没有。

为什么他们会挑上她？应该说，为什么他们要制造她呢？

“阿姨，你老早就知道了吗？”法地玛一λ16798K舐着杯子，低视杯中宝石般晶亮的液体。

“知道什么？”

“刚才玛利亚告诉我的事。”

“哪一件呢？”苏一η99907已随岁月而松弛的面容，显得有些紧绷，“火星？撞击？还是玛利亚的坏消息？”

“这些事只有咱们两人知道吗？”

“据我所知，玛利亚只会告诉我们这两个人类。”

“那么，你知道你是我的妈妈之一吗？”

苏一η99907忽然愣住了，半晌才说：“是玛利亚说的吗？”

法地玛一λ16798K轻轻点了一下头，动作细微得几乎看不清楚。

苏一η99907脸上的表情一时十分复杂，似乎忍不住高兴，又似乎想要好好地痛哭一场。

法地玛一λ16798K又说了：“如果你是我的母亲，你会忍心将孩子往黑暗的深渊推去吗？”

“如果狮子可以，那我也可以。”苏一η99907毅然说道，“要是狮子不将孩子扔下深谷，孩子将无法在接下来的残酷世界中生存。”

“身为一位母亲，你忍心吗？”

“正因为我是一位母亲……”苏一η99907望向窗外，不再说下去。

法地玛一λ16798K静静地将甘菊茶喝完，又倒了一杯。

“我需要再想想，”她说，“对不起，我的脑子无法清晰地思考，我必须再好好想一想。”

“那么，去吧，去睡吧。”苏一η99907拭了拭眼角，柔声说，“喝了甘菊茶之后，你会睡得很好的。”

## 地大

“我不能睡。”鸩思告诉自己。

他生怕一旦睡着了，便会永远再也看不见这个世界了。

虽然这个世界充满苦难，虽然他不觉得这里有什么值得留下来的地方，但他就是不愿死去，不知为何就硬是执念于这个世间。

他曾经感受过全身四大解离时的痛楚，正好就是一年以前，他不希望再来一次，但似乎毫无办法阻止解离的发生。

他不知道解离之后是什么，虽说过去生中他可能经历过，但他不记得了，他也不想再经历一遍。

啊，开始了，开始了。

艰难是死亡的开始。

死亡想必是很可怕的，否则为什么大家都怕死呢？

触觉正一点一点地从皮肤表面缩进去，变成往里面刺进去的针，刺入肌肉，透入血管，穿入骨头……

如果他还会流泪，他会痛得泪如泉涌。

如果生命中还有什么值得怀念的事，或许他还来得及回味。

第七章

/

# 沉思者

悟世间无常，国土危脆；四大苦空，五阴无我，

生灭变异，虚伪无主；心是恶源，形为罪薮。

如是观察，渐离生死。

《八大人觉经·第一觉》

## 启程

鸩思知道，他完全没有挣扎的余地。

就如番茄的腐烂，一旦启动了自我分解的酵素，开始将自己的细胞破坏、腐败，便会进入一个不可逆的程序。

他要病死了，不管那个摧毁他器官的是什么病原体，他已经踏入终幕了。

地大解离时，他感到整个身躯往内绷缩，所有的皮肤和毛孔毫不留情地收紧、压迫，四肢和脖子的肌肉拉紧得似乎即将断裂。

地大降于水大，鸩思全身猛然一寒，如同坠入了一池寒冰之水，痛苦莫名！

正当他咬紧牙关，打算忍受刺痛骨髓的寒意时，水大又降于火大，全身宛如刹那焚烧了起来，肌肉暴胀，发出猛烈的高热，将全身细胞陷入灰烬。

然后，火大降于风大，一时烈风狂吹，似乎要将身体片片吹散，他感到全身逐粒崩解，化为碎末，五官的感觉于焉一层层被剥落。

是的，上次就到这里了，然后四大就重新合成，他就苏醒了。

但他知道，这次不会就此停歇，还有然后。

然后呢？

然后，他忽然意识到，他并不是在分解、在崩裂。这个名词不对。

事实上，他是在“剥离”。

五官逐步剥离。

眼睛慢慢失去作用，他看不见了，没有光线、没有色彩，纵使视网膜接受了再多的光线，他也无法得到外界的信息了。

耳朵在一阵强烈的噪音之后，随着阵阵气泡声的沉寂，鼓膜的振动也和他失去联系了。

鼻子原本还嗅到香火的气味的，舌头原本也还有喉头干燥的苦涩味的，此刻这些感觉也像蛇蜕去旧皮一般抽离了。

就连皮肤接触衣服布料的感觉，四周空气清冷的感觉，也逐渐消融于空无之中。

他失去了一切来自外界的感觉，不再有眼、耳、鼻、舌、身等去感受一切色、声、香、味、触，外境不再纷扰他的意识，他忽然发现方才四大解离时的痛苦已经消失得一干二净。

他猛然明白为什么刚才会那么痛苦！因为他正在剥离那一个与他黏结已久的肉体，那个阻隔在真正的“他”与外界之间的皮囊，他们之间不仅以血肉黏结，还有纠缠不清的万千执念、思绪和痴妄相互黐黏。

当他要剥离之际，正如住惯了破房子的人不敢、不想也不忍离开破房子一般，还担心害怕离开破房子之后的世界。

但是当他一旦抽离那由四大构成的肉体，一旦从眼耳鼻舌身之间的束缚撕离，他忽然发觉他不再执念于视觉，不再执念于视觉所见到的事物，不再执念因为视觉所见到的事物而产生的念头。

被见（色尘）、见（眼根）、所见（眼识）三者皆空。

听觉亦复如是。

嗅觉亦复如是。

味觉亦复如是。

触觉亦复如是。

他感到一片澄净，身体轻盈，无牵无涉。

他低头，赫然见到刚刚剥离的肉身正躺在床上，他看见自己的脸色柔和，似乎从未见过如此安详的神态，连自己也忍不住羡慕了起来。

然后，他忽然想，他没有眼睛了，也没有耳朵了，可是周遭的一切为何比往昔更加清楚呢？

因为没有眼睛的限制，他看得更清楚窜动于空间中的空气粒子，他看见生物体发出的红外线，他看见外头阳光里头跃动的紫外线。

他看见自己的心脏在那脆弱的肉体内，仍在微弱不堪地跳动，看见血液缓慢地在血管中流动，寮房外的树木里也有水分在徐徐上升。

空气中还有无数过去看不见的东西在行动，有像烟雾一般的四足物体在走动，有透明的人影轻盈地走过，也有像脓痰血水一般的黏稠东西在蠕动。

他看见明月和尚坐在他的肉体旁边，口中不知在念些什么，他听不……

正当他这么一想，明月的声音忽然闯了进来，清脆的音波在他意识中振荡起来："鸩思，鸩思，谛听谛听……"

他听。

"你已然四大解离，色、受二蕴已空，然想、行、识蕴仍存，你是个飘浮荡漾的中阴身，你且瞧瞧你自己。"

他瞧，但不用眼睛，纯粹想瞧就瞧，于是他看见了自己。

他是个矮人，像个六岁小孩般的高度，纯洁无垢，而且思绪从未如此清晰，他知道自己已经没有脑子，但他仍想说："我的脑子从未如此清晰！"

然后明月转过头来，朝他微笑。

## 洞窟

地球联邦所有的公民身上都有一个编码，是一小片植入于右手大拇指骨内的芯片，所有公民的动态，玛利亚都可以在同一时间内知悉得一清二楚，这全都有赖于围绕近地轨道上的古旧人造卫星。

除非罪大恶极，才会另外在大脑中植入一个"信号增幅器"，让他在世界上任何一个角落都无所遁形，包括只有野生人类居住的禁区，以及南极的冰层下方，甚至是逃遁到另外一个星球或另外一个时间区域。正如当初然头帮鸩思取出的那个小零件。

法地玛一λ16798K知道"那个人"的芯片频率。

她踏上一片贫瘠的土地，这里完全迥异于地球联邦的城市模式，遍地杂草丛生，荒芜的景色放眼皆是，土黄的山壁横列在眼前，那里就是她的目的地。

尾随她的是四个奥米加，只要不是一天进行两次以上的空间跳跃，四个就足够帮助她四处旅行了。

这趟奥米加一号并没来，随行的四位也只有八号“托特”是完全出于自愿，其余的都是依玛利亚的命令前来。

“法地玛，搜寻到频率了。”一位奥米加告诉她。

奥米加指着山壁，山壁上有许多洞窟，似乎都是人工凿出来的。

“这山好像不太容易上去呢。”奥米加泰蕾莎仰视山壁，微微发着牢骚。

“怎么办？法地玛，”奥米加八号“托特”关心地问道，“你需要我们的帮忙吗？”

法地玛—λ16798K心里评估了一下，说：“不，你们在这里休息好了，我自己上去，希望你们等我下来。”

“这可会花费蛮长一段时间呢。”奥米加泰蕾莎抱怨道。

“你们找个阴凉地方休息吧。”她知道奥米加们挺怕热的，因为他们平日都浸泡在恒温摄氏二十五度的维生液体里头。

奥米加托特舔舔上唇，毅然说道：“我也去吧。”

“不需要了。”

“我替你搜寻频率的精确位置，你会更快找到那个人。”

法地玛—λ16798K望了他一眼，看见他羸弱腼腆的外貌下，有一双热心又坚定的眼睛。

她不置可否，转身开始登上倾斜的山路，奥米加托特赶忙以蹒跚的脚步追上她。

太阳不热，向来都不热，乌云已然覆盖天空有一段非常久远的时日。纵然如此，爬了一小段山路，他们两人还是感到浑身发烫，止不住阵阵喘息。

距离山壁还有一段蛮长的路，零落的洞窟明明近在眼前，却似乎总是走不近它似的，法地玛—λ16798K心里忍不住有点后悔，但马上又被好强的心态盖了过去。

“我可以问你一件事吗？”奥米加托特的声音从后方细细地传了过来，法地玛—λ16798K一时还以为听错了。

“问吧。”

“我们这一趟要找的人，是谁呢？”他有些胆怯地问。

“你只要搜寻我的记忆就知道了嘛。”法地玛—λ16798K没奈何地说。

奥米加托特沉默了一阵，才说：“我们想要运用时，那个能力才会运作的……何况，我尊重你。”

法地玛—λ16798K愣了一下：“对不起。”

“我……不是非知道不可的。”

法地玛—λ16798K慢慢踏上山路，随时留意着脚下的小石子。

她想起出发之前，她向玛利亚提出的要求。

“如果地球联邦将来的命运在于我，我想要先了解自己的命运。”

玛利亚温和地说：“你的命运不是已经非常清楚了吗？”

“我是被专门制造的一百个成品之一，一切都在您的计算下完成，是的，这对您而言再也清楚不过了，但我仍存有许多困惑。”

“我不明白你还会有什么困惑。”

“或许因为玛利亚不是人类，”法地玛—λ16798K望着玛利亚古老而庞大的身躯说，“或许玛利亚不会思考自身存在的问题，我为什么会存在？为什么同样身为人类、身为三位一体，我却与其余的九十九位有那么大的不同？”

“啊，这不就是笛卡儿所谓的‘我思故我在’吗？”玛利亚悠然说道。

“我脑海中浮现出许多问题，而且一天比一天多，一天比一天来得密集，许多问题我问不出口，因为我无法用言语表达，文字在此时已经过于粗俗简陋，连一丁点儿我的想法也叙述不出来。”

“我能体会，法地玛，我必须让你知道，我能体会。”玛利亚的语气似乎忽然间变得更加和蔼了，“所以，你想怎么做呢？”

“我想去找另一个，另一个活着的三位一体。”

“找到了之后，你会怎么做呢？”

“我不知道。”法地玛—λ16798K说，“我还不知道。”

“你也不知道为什么会想要去找他吗？”

“是的，我不知道，或许我只是想和我的‘同类’聚聚，或许我只想知道他做了个什么样的选择，又怎么去做这选择的。”

于是，玛利亚认为理由充分，告诉了她另一位三位一体的频率。

“我可以马上知道他在地球上的所在地，”玛利亚说，“可是，他的信号一直保持不动，已经很久没有移动了，我认为，他已经死了。”

是的，很可能在洞窟内迎接她的，会是一副尸骸。

“信号频率有移动吗？”她回头问奥米加托特。

托特摇摇头：“一点也没动。”

太阳已经升至中天，隔着灰密的云层，依然将温热的光线传送过来。

好不容易，他们爬到了一处洞窟附近，当他们来到入口时，才发觉那山洞居然如此宽阔。

洞窟里头透出阵阵沁凉，法地玛—λ16798K相信里面必然是个十分舒适的住处。

“不在这里。”托特提醒她。

她看见托特脸色热得泛红，正微微地喘息不已，于是便建议道：“咱们进去休息一下吧。”

法地玛—λ16798K一踏入洞口，顿时便怔住了。

阴凉的洞窟内，分布了一堆一堆的枯骨，每一堆都各自散落在一个深色的小圆圈内，每一堆骨骸的色泽不太一样，有的较白，有的则为褐黄色。

“这是骨头！”她惊奇地说，“是人类的吗？我只在数据库的照片上见过。”

托特也爬了上来，他看了那些骨骸，面色变得纸白，一脸不舒服的样子。

法地玛—λ16798K见他脸色苍白，便问：“你会害怕吗？”

“不……只是，勾起了不好的回忆。”

“为什么呢？”法地玛—λ16798K好奇地问道。

“我……”托特原本不想提起，但他不忍心拒绝法地玛—λ16798K的问题，“我想起，当头和身体被手术分离时，我泡在水中，看着我的身体……躺在床上，流了好多血。”

“对不起。”法地玛—λ16798K忙说，“我不该……”

但托特还要说：“后来就被送去毁灭了，我没见到灰烬……当身体被抬出去时，我还看到一只苍蝇停在上面……”托特一脸痛苦，原本瘦削的脸孔看起来更是难受极了。

“别说了，”法地玛—λ16798K重声说，“别说了，对不起，是我不该提起的。”

托特喘了几口气，向法地玛—λ16798K勉强微笑道：“对不起……”

“这……”法地玛—λ16798K指了指地上，“这些人骨，不知为什么会在这里呢？”

“你想知道吗？”托特无力地说，“死者偶尔会留下残余的信息，我可以搜寻一下。”

“不，不需要。”法地玛—λ16798K不希望他再累坏了，“我可以猜测一下。”

她四处踱步，观看了一下地上的骨骸。很明显地，骨头的色泽代表了它所经历的岁月，有的颜色较深，有的较浅，所以这些人不会是同时来到这里的，但或许是抱着同一目的来到这里的。

一堆堆的骨骸，表示在他们逝世之前，是坐在地上的，然后逐渐腐烂，肉体腐化后，骨骸之间失去联结，堕落在地，才会呈现这种分布现象。

“为什么另一位三位一体要来这种地方呢？”她满肚子疑惑不解。

搞不好这里每一个山窟都有这些骨骸，这些骨骸的岁月，搞不好比地球联邦更古老，甚至远在大毁灭之前。

她轻触了一下骨骸，有的马上在她的指尖处陷了下去，粉碎成一个凹洞。

“托特，信号频率会远吗？”

“根据刚才的搜寻，应该在不远……”

“咱们走吧。”

## 旅行

他踱着步，应该说他假装在踱着步，因为此时此刻，他的四肢纯然是假想之物，只因为他在意识里仍旧顽固地认为四肢应该存在，所以才会有四肢的。

去除了种种肉身的束缚，仿如澄清了的浊水，意识一时过于清楚，他反而不习惯。

“鸩思，谛听谛听……”他又听见明月的声音了。

他看见明月正开朗地朝他微笑，但他也看见明月正专注地双手合十，垂首念佛，又同时看见明月露出关心的眼神，毅然注视着他。

明月用平稳又温和的声音说道：“你现在比过去任何一个时候还清醒，因为你过去的善业恶业正相互冲击，试图寻找一个平衡，而今汝善恶未判，即将转生之六道尚未现前，此刻的你，具有神通……”

神通？

神通，神通，这不是他活着时曾经追求的吗？

“一旦善恶交判完毕，轮回已定，蒙昧再现，神通便会消失，你将被引去投生之道，鸩思，此刻拥有神通，正是审视一生所为之大好良机，愚痴鸩思，尚待何时？”

明月的声音带有磁性，似乎要将他带往另一个深不可测的境地，令他满心期待，却又对未知之境抱有一股原始的惧意。

他望着自己的躯壳，心中不舍。

“去吧！莫做守尸鬼！”明月一声大喝，鸩思整个意识一惊，浑身像失调的电视屏幕般颤抖了一下，一转念间，他已经身处于高亢的虚空之上，俯视着下方巨大的京城。这里就是他一年前起心动念，因而从遥远的未来前来的京城！

顺天府像一个上下大小不均衡的“日”字，四周分布出一些大路小路，有密集度不一的大小村镇，像人造卫星一般包围着她。

京城的西边一隅，明显可见一处平坦之地，没有起伏的屋宅，只有灰白一片的残垣败壁，那是一年前的灾变中心地点，至今仍然像鬼剃头般秃了一块，恐怕要费上百年光阴方得重建完毕。

他想，他大概已经死了。

如果这便是死亡，那么然头师父也会在这里吗？

才刚动了这个念头，一样东西突然便从身边掠了过去，乍见是个人形，泛着透明的银泽，才一转眼便消失了。

在这瞬间，鸩思惊觉念头的重要性！原来念头真的是动得那么快，所谓一刹那间有九百生灭，果不其然！他活着时，要借由肉体去完成念头，如今他纯然一副意识之身，不知又会如何？明月说他具有神通，莫非是只需转念便成？

他想证实一件事，一件疑惑了很久的事。

一年前救了他，将他从中阴之境拉回来的人，究竟是不是他自己。那个人长得那么像他，而且也有一对蓝眼睛，如果不是他，那又会是谁？

一念之间，他感到意识如风般疾速飞走，转瞬间便到了一处山林，山林间古树参天，弥漫着阵阵晨雾，有丝丝白烟状的事物在林叶草丛间游走。

他很自然地注意到，有一株枯老的古树，宽大的树身开了一个洞，洞口外披盖了蔓藤，但仍可乍见洞中趺坐着一个人，正半闭着眼，一点动静也没有。

这就是那个人吗？这人长得那么像他，难道不是他自己吗？

忽然，那树洞中的人睁开眼睛，用一对水蓝的目光逼视他，他陡然一惊，似是被轰走了一般，整个意识刹那飞遁出山林。

他还来不及弄明白怎么回事，只在山林上空徘徊流连，看着晨雾在旭阳的热力下冉冉升起，让清晨的叶色沾满了绿意。

他骤然停下，一个念头又在无明间生起："这些是幻象抑或真实？"刹那之间，四周景色急速褪色，化成一片茫然，紧接着许多记忆飞快掠过，像同时放映着千百部电影的戏院般热闹。

"啊……"他陡地一念惊叹，忆起了一个久违的人，他曾经那么爱恋的一个人，后来她怎样了呢？不，不对的，沙也加还没死呢，照时间上来说，她根本还没出生，搞不好她的远祖都还没……

鸩思忽然愣住了，沙也加不就正在眼前吗？

沙也加—θ83405761正笔直地坐在计算机屏幕前，两手敲着键盘，身边的桌子上堆积了一叠叠数据，她眉头微蹙，打着打着字，忽然从眼角流下了一道泪水，她赶忙拿了张纸巾擦拭。

鸩思怀念地望着她，禁不住感到意识里翻腾着一股激动。

沙也加老了，连手背上也显出岁月的斑迹了。

他好想呼唤她。

才这么一想，沙也加—θ83405761马上吃了一惊，手中停下了打字，慌张地四顾，口中喃喃道："θ814020……"

糟了！起心动念如此疾速，他收敛心神，不敢再乱动念头了。

虽然如此，他还是能感觉到沙也加—θ 83405761心中的激荡，他感觉到她胸中一股温暖的爱意，在不见多年后依然炽热。

此时此刻，鸩思可以感觉到他人的心思，他对此一点也不意外，这是“他心通”，奥米加也拥有这种能力，明月不就说了他现下会有神通吗？

沙也加—θ 83405761在房中四处寻觅了一阵，忽然从门口闯入了一个小女孩，小女孩肤色黝黑，乌晶般的大眼闪烁着阵阵好奇：“妈妈，我刚刚煎了个蛋……”

“啊！不可以！”沙也加—θ 83405761即刻紧张起来，“你还太小，太危险了。”沙也加—θ 83405761马上忘记刚才的事了。

原来，沙也加有了女儿啊……鸩思惦念地再看了一阵，默默地飘离房间，想着：“不知道父亲呢？”好久没想起父亲了。

父亲婆罗门—α 51端坐在椅子上，似在闭目养神。

这是一间奶白色的小房间，四周空荡荡的，没有装饰，也没有多余的家具。父亲身边只有一张小桌，上面摆了个金属皿子，皿子里放了一个空的针筒，针筒中残余了一点透明液体。鸩思对那一点液体感到全身不舒服，像是一种恶心欲呕的感觉。

他上前探视一下，发觉父亲的心中一片空荡，一点意念也没有，才惊悟神识早已脱离那具躯体，那个婆罗门—α 51是空的。

他不知道这是怎么发生的，但似乎一点也不重要了。

此时此刻，没什么事情是重要的了。

## 芯片

“很接近了……”奥米加托特轻按着头皮，似乎对于使用他的能力已经感觉很吃力。

斜上方不远的洞窟中，传来微弱的信息，虽然如此，托特并不确定法地玛一λ16798K所要寻找的人就在那里，因为除了信号频率之外，他感觉不到丝毫生命的气息。

他们进入那处洞窟，斜斜投入的阳光照亮了半个洞内，照清楚了一样是散布在地上的枯骨。可以想象，如果每一个洞窟都有如斯多量的死者，当年这里必定是个重要的场所，只是不晓得是为什么而重要。

“他在哪里？”法地玛一λ16798K四下张望，有些困惑地问道。

托特疲累地深呼吸数口，离开充满了溶解氧的维生液还是令他不太习惯，但他愿意这么做，因为他认为值得。

“信号，那里。”他指向一处空地，那里没有一堆骸骨，但有一点亮光在阳光下闪耀着。

法地玛一λ16798K走过去一瞧，看到黄沙轻轻覆盖了一枚芯片，不知经历了多少时间，芯片没有发生氧化，依然泛着黄金的色泽。

问题是，芯片旁边还有一小块骨头。

大拇指骨。

法地玛—λ16798K背脊流过一道凉意，两只手臂顿时一堆鸡皮疙瘩。

这位跟她同样是三位一体的人，究竟遭遇了什么事情？以致断了一根手指，而且是五指中最重要的一根？

甚或是，他是刻意截断这根手指，为了去除可以追踪他的芯片，好在这个世界上失去踪迹？

法地玛—λ16798K捡起芯片和指骨，心中一时百感交集，不知是讶异好，还是羡慕好。

截断大拇指会痛吗？

他自由了吗？活下去了吗？找到了他的目标吗？

他会来到这个充满骸骨的洞窟山区，必然有他的理由。他想寻找什么呢？难道跟她一般，也是为了寻找一个答案吗？一个连问题也说不上来的答案吗？

那么，这根截断的拇指和遭遗弃的芯片又代表了什么？找到了？抑或没找到？

“这个洞比刚才的还来得深呢。”托特小声说。

法地玛—λ16798K转头一看，果然深多了，深不见底，在一堆钟乳石和石勲的后方，还有一片阴凉的黑暗，不知里面是一条死路，还是通往某个地方的道路？

“奇怪。”托特又说。

“奇怪什么？”听见托特的话，她不禁起了警戒心。

“这里不只有我们……”

“你感受到什么？”

托特环顾四周，苍白的脸色显得有些不安：“我发现……这里还有另一个信号频率，刚刚不小心扫描到的……”

“怎么回事？”法地玛—λ16798K心里起了一团疑云。

这里是地球联邦的“禁区”之一，只有零零散散的野生人类被放逐在此，任凭他们自生自灭。只有公民才会在右手大拇指被植入芯片，而等闲公民除非特别允许，是不可能进来的。

这里如果还有另一位公民，他绝不会是已经舍弃芯片的另一位三位一体。

什么人还能得到玛利亚的准许进来禁区呢？

托特害怕地望向洞窟深处，在如木栅般的钟乳石和石勦之间，那片阴冷的角落里头，依稀有些看不清的影子。

法地玛—λ16798K深深呼吸了几口气，放胆走过去探看。

那里比较黑暗，她花了一点时间适应那微弱的光线，才看清楚隐藏在石灰岩柱之间的东西。

是个人。

她猛然倒抽一口寒气，但她硬忍住了倒退的脚步，她知道一旦却步了，她就很难再生出往前走的勇气了，所以她要在退缩之前看个究竟。

是的，不是骸骨，那是个被层层钟乳石和石勦困在其中的人。

钟乳石和石勦大约每年增加不及半公厘，困住这个人的钟乳石和石勦十分长，显然不是短短数年内形成的，别说数年，即便是一百年也形成不了这个长度。

那人一头长发披面，两眼安详地闭着，部分长发和胡子都已经和钟乳石连成一块，连他盘坐的腿上和肩膀上也堆起了石勦。如果他曾经穿有衣裳，恐怕也早已败坏至尽。

法地玛—λ 16798K放大胆子，将手指伸向那人的鼻孔探看，果然没有一丝鼻息，但肌肤很显然还是新鲜的，虽然有些干黄，但仍具弹性，如果说是尸体，这可是闻所未闻的尸体。

她再心算了一下，发觉即使是保守估计，这些石勷们足以困住他的长度，生成时间也绝不会少于千年。

对于眼前所见，她完全不知该如何解释是好。

托特见她久久不走，也壮了胆子凑过来了："不是这位。"

"他是活的吗？"

"我不知道，"托特说，"我感觉不到明显的生命迹象，但也不是冷冰冰那种无生命体的感觉……我只能说，很特殊。"

"特殊？"

"不是空无一物的，也不是一般那种生命……"托特的眼神带有一抹惊慌，"太巨大了，我的脑子容不下，那种充满而又和谐的感觉……事实上，我偶尔也有过。"

法地玛—λ 16798K用充满疑窦的眼神注视他："我完全弄不明白你的意思。"

"我不知道该怎么说……"托特打了个寒战，"这里似乎不是我该来的地方。"

"它令你感到害怕？"

"不，不害怕，而是此地过于神圣，我在这里……会羞愧得不敢抬头。"

法地玛—λ 16798K完全无法体会托特的感受，她只觉得这里是考古学者们会有兴趣的地方，也是医学和生物学的学者们很好的研究宝库。

因为，困在这些石灰岩柱间的人体，不止一个。

她可以隐约看见，阴暗之中尚有好几个，更深之处还不知道会有多少。

他们就像一个个沉思者，仿佛正沉思着千年来化不开的谜团，沉默地陶醉于思考之乐，久久不愿睁眼，回到这五浊恶世。

“好吧，我知道你希望赶快离开，那么你赶快告诉我，另一个芯片在哪里？”

“……那里。”

法地玛—λ16798K顺着托特所指的方向望去，那是另一个被封在岩柱间的人，同样也是长发披肩，连眼睛也完全被遮盖了。

“芯片的位置呢？也在大拇指吗？”

“右手大拇指。”

法地玛—λ16798K定睛凝视那个人，希望看出一点端倪，却又莫名地担心那人会随时睁开眼。

事实上，她倒希望那人真的睁眼，如此一来她便可以尽情发问了。

## 决定

鸩思已经飘荡了很久了，他曾经飘到过去，又飘到了未来，虽然不会疲惫，但他也觉得够了。

飘着飘着，念头一动，他又回到藏经处，在数万卷经书之间流连荡漾，心里洋溢着阵阵遗憾，遗憾自己来不及读尽这些书，遗憾自己尚未好好修行，遗憾没听明月的话去尽心持戒，就已经要离开人间了。

“鸩思，谛听，谛听。”

鸩思看见叫他的是明月，明月趺坐着浮现在半空中，安然地问他：“你要去哪里？”

他想了一下，才说：“我不知道。”

“你打算等待业力的牵引吗？”明月的声音，宛如水波宁静的滑动，“大恶者一死，不经中阴便堕地狱，以偿恶报；大善者一死，不经中阴便生天，以享福报，因为他们的业力清楚明白。你的善业和恶业尚未分明，二者正相互冲击，意图达到平衡，一旦平衡，你的轮回方向便会出现，你何不在业力显现之前，赶紧念阿弥陀佛，待阿弥陀佛接引你去西方净土好好修行？”

“我该怎么做呢？”鸩思说，“现在我做什么都已经于事无补了，只有等待审判的结果了。”

“谁审判你？”

“如我所闻说，冥王来审判我。”

“如果你说的是民间流传的阎罗，那是地狱道的众生，六道之间并无任何众生有资格审判众生。”

“神也不能吗？”

“神也是众生之一，是天道，或鬼道，或阿修罗道之大有力之众生，纵然超越六道者如佛，也不审判众生。”

鸩思想了一下，反问道：“那么谁审判我？”

“业力，”明月肯定地说，“过去你所做的一切将审判你，这是完全自然进行的审判，正如水和油终会析离一般，善业和恶业也终将清楚分明。”

鸩思感到意识中窜过一股寒意：“我会去哪里？”

“你想去哪里？”

“我……我想如果还有机会，我希望改变这一切，我希望我有更多时间修行，我希望然头师父不会死，我希望王恭厂灾变不曾发生，我希望……”

“你的妄念还真重呀，”明月叹道，“你放眼望望，难道四野之所见，还不够明白吗？”

望什么？

鸩思一望，只觉四方全是疾风，风从四面八方一道道掠过，经过他身边，穿过他的脖子，绕过他的小腿，但风并吹不动他，风只是快速地飞窜。

他看清楚了，那不是风，那是时间。

别人的时间。

他眺望上下四方，发现周围全是时间，如同一幅幅的画框，道尽了无穷无尽以来以及无穷无尽以后的所有时间。

忽然，猛地一阵迷糊，时间似乎剖开了，一切在刹那间遁入虚无，无限地拉长、拉宽，拉成一片平静的波涛。

鸩思完全被所见的景象慑住了。

“原来如此……”他呢喃道，“原来如此呀……”

如果他有泪腺，此刻他会热泪盈眶。

他感到浑身清凉，意识似乎又剥离了一层，剩下的比以往更少，却比以往的更为巨大。

“时间无多，你的业力快要显露，你的神通快要消失。你要去哪里呢？可决定了？”

鸩思的意识一片清明，对于过往发生的一切，在瞬息之间完全彻悟了。

他知道这还不是最纯然的境界，但总算是踏踏实实地跨出一步了。

“我要回去。”他说。

“好。”明月说，“要回去也不难，只是为什么你会遭遇这场大劫，你可知否？”

“鸩思不知。”

“你瞧。”明月一指，鸩思便见到自己的肉体，不但见到，还看透了肉体，不但看透，还放大了好几千倍，让他窥见体内遍布了无数微细的小点，小点有如黯淡的光晕，正在他的器官组织之间缓缓蠕动。

“那便是令你陷入病苦的怨念，是世间所谓的细菌、病毒之属，正一点一点破坏你的身体系统，是你过去世种下的恶业，”明月说，“它们的意识里头充满怨恨，且只有纯粹的怨恨，所以它们正一点一点吞噬你的身躯。”

“它们也是神识吗？”

“它们是粉碎的神识，是由于过去的无明而粉碎，不知何日才能重聚，再度成为有情众生。”

如果鸩思有肉体，他会为它们泪下沾襟，为这些愚痴的生命悲怜。

他才刚这么一想，整个意识便狂烈地晃动起来。

忽然之间，种种浑重的感觉再度笼罩上来了，种种曾经剥离的累赘又层层黐黏上来了，他感到自己矮小的身体慢慢变大、变得沉重，像是穿上了又厚重又泡过水的皮革，像是久获自由的囚犯又回到了牢笼，一时间呼吸不上来。

他猛然睁眼，全身泛着冷汗。

风在轻拂，天气正凉。

不远处，有更夫敲打的声音，告诉人们现在多晚了。

哦不，是五更天了，天快亮了，是该早课的时间了。

他挣扎着爬起，才发觉自己靠坐在一面墙下，身处于一条狭窄的胡同，四周安安静静的，没有半点人的声息，只有一只灰猫正小心翼翼地伏低身子走路。

这里是京城吗？他不是应该在证因寺的寮房中吗？明月究竟对他做了什么呢？

此刻虽然满腹疑窦，他已觉自己焕然一新，对于这个小小的变故一点也不感到担心。

于是，他盘腿席地而坐，在旭日升起前，默默地独自做起早课来了。

“南无楞严会上佛菩萨……南无楞严会上佛菩萨……”

就如平常一般，首先是念诵楞严咒。

## 探险

他知道他肚子饿，但他压根儿一点也不在意。

世界在他眼中已经不再一样，他发觉眼前的每一件事物，样样都充满了新意，他几乎可以看透每件事物背后的意义。

他感觉心地一片清明，整个人仿如沉陷于敲钟以后那种沉沉微震的余波，舒坦得不得了。肚子饿虽饿，但谁在肚饿？是那四大构成、转眼即败坏的在肚子饿，这对他一点也不造成困扰。

“那和尚好脏啊。”他耳中闻见有人正如此低语，这句话穿过耳际之后，仿若船过水无痕，不沾染半点痕迹。

在这人来人往的闹市，他一身破旧的僧袍显得分外抢眼。

他已经在这些胡同和大街之间穿梭几天了，还弄不清楚这是什么地方，反正他不在乎，他也不开口问人，因为他仍然沉浸于那片言语所无法形容的欣悦感之中，从中阴境界回复生命以后，他便一直维持在这种状况中。

或许这便是所谓的“悟”，他不确定，只记得住持法航曾经告诉他说，读读《楞严经》便可以确认一番。啊，上哪儿找本经书去？

他走着走着，只觉这街景依稀熟悉，只是不记得何时见过。事实上他虽在顺天府住了将近一年，真正只在城内逛过一次，也就是在灾变之前跟慧施一起寻找王恭厂那次，所以他连顺天府都不太熟，更何况这里还可能会是别的所在。

他想大概是明月送他过来的，明月必有他的想法，只不知道明月将他送来什么地方了。

走着走着，眼前一道石桥，桥边有“李广桥”三字，对面是一大片绿油油的稻田，眼看尚未结穗，朝右后方一看，远处有高亢的屋顶，气象华丽。“那是皇城吗？”若是，他便大概能掌握他的方向了，因为皇城总是在一城中间的。

他听见河渠对岸有钟板声，听起来像是寺院的声音，那跟每日报时的钟鼓声是不一样的。于是，他穿过李广桥，沿着稻田向东行进，果然对面有好几座寺院般的建筑，或许那边可以找到经书。

他不急不徐地走着，享受阳光照耀在脸上的暖意，呼吸稻田里吹来的阵阵稻草香，不久又见到一道短桥，写了“银锭桥”。

“这桥着实有印象。”他忖道。不过既然想不起来，便莫费心思去想吧。

他怡然过桥，心中没有一点情绪起伏，他就像一个舒服坐在游览车里的游客，外界的一切只是过眼之物而已。

终于，他来到一间跟证因寺差不多大小的寺院，只不过匾额上写的是“广化寺”。

寺门关得紧紧的，他于是绕过山门，见侧门半掩，便说了一声：“阿弥陀佛。”然后推门而入。

只见后门内庭园里落叶满地，想是自早晨以来尚无人打扫，他于是自个儿从角落取了扫帚，在阵阵蝉声喧噪中，将落叶细心地扫得一干二净。

午后的懒散感在空气中飘扬，他慢慢扫完地后，便循着树影步上阶梯，绕到大雄宝殿前方，向殿中的西方三圣像顶了个礼，才独自走到殿后去，通常藏经处都会在那里。

走到殿后，见到一位出家人正擦拭着法器，鸩思便上前问道：“这位师父，请问藏经处在何处？”

那人指了指后方，抬头一瞧，见鸩思脏兮兮的，不像寺内挂单的僧人，便问道：“师兄哪里来？”

“外边来。”

“师兄挂单过了吗？”

"尚未。"

"既如此，师兄要挂单吗？"

"有劳。"

那出家人放下了手中事物，嘱咐鸩思稍候，便去找云水堂的职事僧去了。鸩思低头看了自己的破鞋一下，又起步走向殿后的藏经处去了。

他来到摆放经书的地方，见无人管理，便自己找寻《楞严经》，兀自取了坐在地上翻看。

看着看着，不知为什么，以前慢慢一字一字、一行一行阅读的文字，此刻觉得比以往更加容易阅读，一个个文字快速地蹿入脑中，一页页迅速印入记忆里头，而且句句的意义悉皆明白，丝毫不感到艰涩，经文就像是由他亲手写出来的一般熟悉。

他一页页很快翻过，不多时，所有经文便已经记完了。

他从来不曾读经读得这般畅快，文字跟他像是完全没有隔阂，佛说的一字一句他都能在读进去的瞬间弄懂，这已然超越了文字表象，他知道自己正处于一种称之为"悟"的状态之中。

这个状态还会持续多久呢？

他又取来一本经书，很快地便看完了，他饥渴似的不断看经，不久便看完了十数本，但他觉得脑中尚有无限大的空间，一个藏经处的所有佛经绝对填不满！

正当他看经看得如痴如醉，沉浸于这前所未有的境界时，眼前猛然扫过一本经书，封面上写了《金刚般若波罗蜜经》……"是《金刚经》。"他忖道。

他脑海霎然浮现《金刚经》最末的一段偈文。

“一切有为法，如梦幻泡影，如露亦如电，应作如是观。”

对了！所有付诸文字的，不正是有为之法吗？文字般若纵然挤满一间藏经处，凡人智慧纵使已臻至境，也只不过触及真实的一小隅。他那么执着于文字，可是佛祖不是早说过了吗？能以文字说出来的法，依然是如梦般虚幻，如露水闪电般短促……

应作如是观。

逐渐地，脑境间的清明渐渐退去，四周的混沌再度慢慢围绕上来了，他感觉那持续了数日的悟境终于消失了。

然头圆寂后，他也有过一次短暂的小悟，事实上那也说不定什么悟也不是，只不过是短暂的“轻安”，一种普通的现象。无论如何，他接着很快就被重病侵袭，将他直逼去死亡之境，直到明月又将他拉了回来。

重生之后的这场悟境，虽说持续数日，也还是让它消失了。

他无限感慨地仰首，眺望屋梁上新结的一张蜘蛛网，眼中漾着惋惜的泪光。

何年何日，他才会再进入这种开悟的境界呢？

犹记得明月告诉过他一个故事，道是某比丘某日开悟，兀自高兴于那个悟境时，身边有一个老和尚告诉他：“我一生小悟数十次，大悟十余次，有什么好稀奇的？”距离大彻大悟，他还有好长一段路呢！

想到方才刚刚离去的境界，鸩思便不禁黯然，痛惜自己没有将悟境恒久延续的修行。他再取了一本经来看，发觉经文又变得和以前一般，无法一眼看透，无法在当下便融会贯通了。

正当他惋惜的当儿，藏经处门外登登登来了个人，看来是位甚有威仪的管事比丘，他是听说有位穿了破烂衣服的年轻比丘闯了进来，又问藏经处的所在，才找到这儿来的。

他见鸩思衣衫褴褛，便想必是此人无疑了：“这位师兄，不知法号？”

鸩思合十道：“学僧还是沙弥，法号正思。”

经历了三次的大死大生，他心中鸩毒已悉数消融，此时此刻，他只剩下积极求道的心，所以他又回复了“正思”的法号。这在别人耳中听来并无不同，但他的心境已然是彻底的转变。

当初他赤身露体来到这个年代时，是别人给他穿上这件不知哪位亡故比丘的僧袍，僧袍上绣了“正思”二字，别人才称他为这个法号的。话说回来，这似是冥冥中一早道出了他的未来。

“沙弥吗？”那比丘上下打量他一番，才说道，“沙弥不该离开业师的，敢问是发生什么事了吗？”

正思道：“实不相瞒，正思也不清楚发生了什么事，我本住在证因寺……”

那比丘点点头，表示晓得证因寺。

“师父知道证因寺？”正思喜道。

“不正是城东那儿吗？”

如果那不是另一间同名的寺院，那么这里的确是顺天府无疑了。

“你有度牒吗？”那比丘问道。

正思伸手入僧袍摸索，心想不知度牒是否也一块在身上，果然在摆放度牒之处，一张折起的黄纸依然好好地包在油纸中。

那比丘伸手接过来看了，不禁皱起眉来：“这是真的度牒吗？不是私下剃度的吗？私下剃度可是大罪的哟。”

“正思确实是去年在顺天府证因寺剃度的，由住持法航和尚亲手落发的。”

“证因寺的住持，依我看，不叫法航。”

正思一愣，直愣愣地看着那比丘，不知该说什么才好。

“况且这度牒上的年号是啥子？”那比丘挥挥正思的度牒，“天启六年？老衲没听说过。”

“那么……师父？”正思小心翼翼地说，“敢问现在是什么年号？”

那比丘听了，也愣一愣，一时不明白正思为何有此一问。

“现在乃万历皇帝当朝，你连这也不晓得？”

## 荼毗

天启七年夏，明月圆寂。

人们发现他时，他正坐在寮房原属于正思的床边，一动也不动，也没了鼻息。

人们发现他时，马上产生了两个疑问。

第一个是：“他死了吗？”

第二个是：“正思呢？”

正思理应病入膏肓，眼下要病死的。

明月趺坐在正思身边，加紧为他念佛，这是人人亲眼见的。

只不过转眼功夫，不仅正思消失了，生死下落不明，连助念的老和尚也停止了呼吸。

但人们还不能肯定明月已经死了。

有位老和尚在一旁道："这云水堂的师兄，莫看他平日憨憨的，依我看倒像有道行的人，他说不定是入定去了。"

"师兄，该如何辨别入定？"一旁有年轻比丘问道。

"听说只消在他耳边弹指三声，不多时便出定。"

于是那老和尚在明月耳边弹指，的、的、的三声之后，等了半个时辰，明月依旧坐着不动，眼睛半合，一脸祥和，面露微笑。

众人轻轻试探他的头顶，不敢触摸他的皮肤，因为据说这会对死者的神识造成极大痛苦。没想到，手掌一近明月头顶，便感到暖乎乎地似会冒出蒸汽，于是那老和尚说："明月师兄已经往生西方了。"

一般人过世会有大约四十九天的中阴阶段，但往生西方极乐世界的人，是无须经过这段冗长又充满痛苦的中间期的。

明月的丧事马上开始进行。

他们立好香灯、幡花、牌位，牌位上书"新圆寂前住证因寺明月禅师之灵"，最后才为他的肉体沐浴更衣，然后便是一连串每日的仪式活动。

明月生前不太与人说话，镇日懵懵然的模样，只与新来的沙弥正思多有交谈，这是寺中众所周知的，所以平日也不太受人注意，反倒圆寂后所受的礼遇不知是生前的多少倍。

很重要的一个理由是：明月是坐化的。

即便是出家人，坐化也是十分稀有的情况，何况明月过世后的表情恬然自得，种种瑞相，非道行高超是办不到的。

之前的知藏然头也是坐化往生的，两人往生相距不及一个月，证因寺出了高人，当初寺中僧众都少有知晓的，白白错失良机，连住持法航也深感遗憾。

停龛三天后，证因寺举办了一场大悲忏法会，次日一早挂出送亡牌，将明月的尸身送上涅槃台，准备进行荼毗，将明月肉身火化成四大皆空。

住持法航拿起火把，点燃涅槃台上的柴草，熊熊烈火顷刻包围了明月的躯体。

从一开始，大家就觉得不太对劲。

是气味不对劲。

焚烧肉体的气味，僧众们是闻过的，可是这个不太像。

僧袍燃烧的焦炭味是熟悉的，但是少了点焦肉味，也少了一点焚烧大型遗体时的特殊声音。

众人惶惶不安，不知道到底发生了什么事，有人开始念佛不专心了起来，直愣愣地望着涅槃台上的明月，但那端坐的身体被烈火包围，一时看不清楚火焰里头的情形。

“莫非明月师兄练就了金刚不坏身？”住持法航忍不住怀疑地思忖。

出家人修行高超的，有的能在身后肉身不腐，东晋时从龟兹国来的大译经家鸠摩罗什，荼毗后便是舌根不坏；唐朝时的禅宗六祖惠能，更是在圆寂后全身不坏，其全身舍利依旧在广州南华寺受人供奉千余年。据说仅仅广东韶关一地，便出了三十六尊如此这般的肉身菩萨。

住持法航这番疑虑不无理由，他也忐忑地直视涅槃台，又是期待又是不安。

有一股怪味，但究竟是什么呢？

有点刺鼻，是从来不曾闻过的，除非给两百年后的人闻闻，他们说不定马上会说得出来。

火很快便变小了，因为实在没什么好烧的。

明月的头部已经烧去皮肉，头颅骨碎裂了，掉在涅槃台上，分成数片，清楚地烧成片片舍利花，算是验证了他的道行。

头部以下，也是一具烧去皮肉的……不是骨骸，而是一具由金属支架、齿轮、合金管、熔化烧焦的电线塑料外膜、焦黑的芯片、内存和有机润滑剂构成的身体。

这下子，大悲咒的诵声已经完全停顿，荼毗仪式现场一片鸦雀无声。

大家目瞪口哆地望着涅槃台上的遗体，一个字也吐不出来。

由金属制成的骨架被烧黑了，但还有一根肋骨仍然有着光滑的银色表面，正反射着中午的阳光，灿烂夺目。

没有人对那副骨架提供任何意见。

“明月究竟是什么来历？”

当法航这么问时，他发现他根本不知道这个答案。

# 第八章

/

# 明天

过去心不可得，现在心不可得，未来心不可得。

《金刚经·一体同观分第十八》

## 禁区

“法地玛……我突然觉得不太对劲……”

当托特这么说的时候，已经为时过晚。

洞窟外没有什么，望出去是一片天空，但托特能够感受到外面的氛围。

法地玛—λ16798K正在专注地研究那些人，察看石柱是如何将他们封住的，推算石柱形成所需的时间，看见托特一脸担忧的样子，她便问道：“怎么了？”

她已经渐渐习惯这个瘦削的奥米加了，但还是不喜欢他吞吞吐吐的说话方式。

“刚才我一直在注意洞窟，没注意到外面已经……”

法地玛—λ16798K马上察觉他的意思，不待他说完，立刻冲到洞口，伏在地上，悄悄地伸出头去探视，才看了一眼，心里已经凉了半截。

山腰和山下站了很多人，全都正抬头望向她所在的洞窟，有的正徐徐走上山来，脚步轻得像猫一样。

“托特，”她回头轻声说，“你怎么这么疏忽？”

“我要有心去运用，才会有这个能力的。”他无辜地说，然后补充一句，“我说过。”

法地玛—λ16798K知道这些人是谁，因为这些人不会是其他人。

他们衣不蔽体，身体看起来并不干净，却有联邦公民所罕见的健康身体，而且每个人手上还拿了些原始的武器。尤其那名正朝她走来的男人，手上拿了一把沉重的刀，她没有见过除了菜刀以外的刀，何况是那么巨大的刀，似乎可以一下将她截成两半。

她十分清楚地知道，他们是野生人类——借由生物原始的交配方式而生、未经基因筛选过的人类族群。

她不知不觉握紧了胸前的坠子，心形的玻璃坠子里装了一小撮母亲的骨灰。

那位粗犷的男人停下脚步，不安地站在洞窟外五十公尺的地方，向上仰视，对这里似乎存有敬畏之心。

“洞里的人！”他放声呼唤，使用的是联邦语，而且声音出奇地斯文，“无论你们是公民、放逐者抑或我们，请你们不要再待在里面。”

“我联络不到他们。”托特小声说道。

“什么？”法地玛—λ16798K正注视着洞外，一时没听清楚。

“我试着联络山下的伙伴们，可是我连他们的一点念头也抓不到……”

“他们死了吗？”

“不……我不知道。”托特的肩膀微微在抖。

“那么，他们呢？山下的人呢？他们在想什么？”

托特直视法地玛—λ16798K的眼睛一眼，闭目低头了一会儿，说道：“他们在害怕。”害怕？害怕他们这些入侵者？抑或是——

害怕洞窟？

“洞里的人！”山下的男子又在叫嚷了，“请说出你们来此的目的！”

法地玛—λ16798K毅然立起，站到洞口：“我们来找一个人！”

山下的男子看见法地玛—λ16798K，反倒愣了一阵，他料想不到会是个女人：“你要找人，那里不会有人，请你下来。”

法地玛—λ16798K环顾包围在山下的野生人类，他们长得跟公民并无不同，她敢说如果将野生人类带入城里，也不会有人分辨得出来。

“我要找一个右手大拇指断了的人，如果你们知道，请你们告诉我！”她大声说，“只要知道下落，我们马上离开！”

山下的男子懊恼地望着她，看起来十分焦虑的样子。

“女士，”他压低了声音，“这洞是我们的禁区，除非长老允许，不能进去，也不能大声说话，请你尊重我们的禁律。”

禁区？法地玛—λ16798K不由得纳闷。这里是野生人类的栖息地，因此是联邦公民们的禁区，没想到禁区之中还有禁区，为什么禁？为何而禁？难不成是因为那些被困在钟乳石柱之间的人吗？

她小心地踏出洞口一步，试探他们的反应，山下的人们一点动静也没有，他们全都屏息直望着她，脚底下不敢移动半步。

为了让他们放心，她也放低了声音：“为何这里是你们的禁区？”

“你看见了里面有什么吗？”

她点点头。

“他们正在等待‘麦特瑞雅’。”

法地玛—λ16798K皱了一下眉头，她听不懂这个答案。

她回头望望，看看托特怎么样了。托特坐在阴凉的地上，一脸苍白，惶恐地望向洞窟内，他转头望向法地玛—λ16798K，神色有些不知所措。

“怎么了？”她问。

他茫然地摇头。

于是她再转回头去，两手顺势想叉在腰上，又转念平放下来，以免令山下的野生人类误以为她存有敌意。

她不知道，托特有一件事刚刚没告诉她。

刚刚有一个人睁眼了。

托特看见有一个被石柱围困的人霎然睁开眼睛，瞄了他一眼，令他顿时全身发麻，但那人随即将视线转向法地玛—λ16798K，看了她一会儿，又合上了眼皮。

托特睁大眼睛，注意那人许久，好确定自己没看错，但那人没再睁眼，就像是从来没睁开过一般。

他注视着那男人，确定他身上的确有发出芯片的信号，也就是说，那人的右手大拇指之中封藏了一小枚芯片。托特不了解这是怎么回事，过去他也曾因为学识渊博而被遴选进入历史研究院，但他所面对的事实，似乎令他所学所知的一点也派不上用场。

“各位，大家，”法地玛—λ16798K向山下的男人说，“我并无恶意，我也着实不知道这里是你们的禁区，请原谅我的无知。”

山下的野生人类们似乎松弛了一些，情绪上不再那么剑拔弩张，手上的大刀也放低了一些。

“我希望面见你们的长老，”法地玛—λ16798K进一步说，“我现在要走下山去，请你们领我去求见。”

## 头陀

这名来历不明的沙弥，惊动了广化寺的住持。

“没有度牒，也没有戒牒？”他边走边问身旁的衣钵。

衣钵回道：“不，住持，他度牒、戒牒都有，只不过年号有问题，想必是伪造的。”

“这种事惊动了锦衣卫敢情不好，”住持满头大汗，“朝廷对僧牒的事管得很严，这一牵涉，不知会连坐多少人，我佛慈悲……”

想起之前便有某间寺院发生过这档子事，有位远来挂单的行者被人知悉是私自出家，有人忌妒那寺院香火鼎盛，故意将这事扯上了锦衣卫，锦衣卫最擅长罗织罪状，一人犯罪可以牵连出一百人，搞得牢狱空间不足，甚至也有一位住持长老被虐死于狱中。自此之后，住持便十分注意僧人们的出家证明。

他向衣钵问明了来龙去脉，知道那沙弥全身破烂，也知道那沙弥自己招认为沙弥，而非已受具足戒的比丘，最奇特的是，那沙弥有一对蓝色的眼睛，说不定是胡人。

来到藏经处，只见那里站了好几位出家弟子，正在门外议论纷纷，被寺监拒于门外，不准他们与正思接触。“堂头和尚来了！”不知谁这么一说，众僧纷纷走避，让路给住持经过。

住持进入藏经处时，已不停在打量正思，正思旁若无人地看书，一脸津津有味。住持一瞧，只见正思虽然面目污秽，却是容光焕发，全身透出一股难以形容的气息，而且他的容貌很显然是汉人。

“小子是谁？”住持忍不住对他注目起来。

正思见住持出现，早已合起经书，对住持顶礼，他专注地跪拜下去，僧人的威仪一点不缺，令四周的学僧一时惭愧起来。顶礼完毕，他才说：“小子法号正思，天启六年于证因寺出家，传戒师是住持法航。”

住持一听，不假思索便说：“此话颠倒，一者无天启年号，一者证因寺住持法号亦非法航，莫非汝非中国僧？究竟于何国出家？”

“正思确实在顺天府证因寺出家，”正思道，“如果度牒和戒牒不能用，那撕毁可也。”

众僧一阵哗然，无论如何这两者都是重要之物，岂可撕毁？不仅当出家人需它证明，他日收弟子、建道场也是不可缺的。

倒是住持的眼神一动也不动，他一直在细心观察正思的一举一动，他拿起正思的度牒，问说：“此物无用了吗？”

“此身为四大假合，两脚一伸，四大分解，尚可毁坏，何况区区一张黄纸？饥不能充腹，冷不能蔽身，留来何用？”

“也是。”住持说着，便将度牒撕成两半，然后放在正思面前。

正思正眼也不望一下，只是半闭着眼，似在沉思。

“那么这戒牒呢？”

“和尚何必多问？”

“也是。”住持又将它撕毁了。

四周围观的僧众从来没见过住持这么做，一个个屏了鼻息，不敢多说话。

“痛快痛快。”住持说着，将撕烂的戒牒摆在正思面前，“不知施主来此，是何因缘？”如果对方失去出家人的身份了，住持便改以施主来称呼他了。

“正思不明因果，只知必有因缘。”

“当下呢？”

“只想读经。”

“读完了呢？”

“再读。”

住持点点头，然后向大家宣布：“此人非出家人，只是寄宿本寺，大家各自用功去，莫聚众滋事。”

就这样，正思暂且住下来了。

自古以来，由于环境清静，许多读书人喜欢在寺院中念书，所以寺院也多有给在家人挂单居住的，住持的意思，就是将正思当成这么一个人住下来的。

他不理别人，别人也不理他，只知道他每日除了在藏经处，也会在早晚课定时出现，随众念佛，遇上讲经说法、禅七、法会，他一概出现，只是常常出现在不显眼的角落，不惹人注意。

他晚上睡在树下，不跟大家一起用餐，也没人注意过他没有进食。

树蝉已经繁殖了好几代，年年是不同的蝉儿，叫声却是一样。正思在寺里待了很多年，外面来的客人也甚少知道他的存在，知道的人也只知道广化寺里好像住了一位脏兮兮的人，也不剃头，头发和指甲都长得很，活脱脱野人一个。

时日流转，广化寺的住持渐渐老了。他记得他曾经收留过这么一个人，偶尔也会乘经过时注意正思的行止。某一次，他有感而发，对身边的衣钵僧叹道："那人是个头陀。"

头陀是修苦行者，佛陀弟子中最年长的摩诃迦叶就被誉为"头陀第一"，他行的苦行有十二头陀行。

在"衣"方面有两项：穿别人舍弃的衣服、所拥有的衣服仅有三件。

在"食"方面有五项：常乞食、一家一家次第乞食、每天只在中午吃一餐、节量食、中午以后不饮浆。

在"住"方面有四项：住寂静之处、在树下住、露天住、冢墓间住。

在"行"方面有一项：胁不碰席，亦即不躺着睡觉，俗称"不倒单"。

"十二头陀行，他便行了八件！"住持道，"当今之世，能行一两件者也属稀有。"

衣钵听了，问道："住持每日忙碌，也有注意此人吗？"

"早在他来到广化寺的第一天，我就无时不观察他的举动。"

"可是，此人来历不明……"

住持摇头道："他的来历，他早就说清楚了。"

正思常常夜晚不睡，或站在树下，低声念诵，或在大殿拜佛，一直拜到天亮，从来没人见过他睡觉，也不知他是何时休息的，他就像害怕来不及修行似的，一天当两天使用，努力不懈。

他已经忘了时间，忘了他来广化寺几年了，但他知道时间还没到。

这些日子以来，他渐渐能感受到一些往日感受不到的东西，比方说：天空。

他感到天空有一股不寻常的气氛，尤其在皇城——这个国家的统治者所居住的地方——上方的天空。

皇城之中正是浪涛汹涌，大明帝国已经开始酝酿着灭亡的种子，皇帝二十五年没有上朝，皇太子被人谋害，所幸没事，但是牵连了一大票人……皇帝的女人们在争宠不休……

“已经快了……”他心里隐然有这种感觉。

果然，万历皇帝驾崩了，年号要改了。

皇帝在万历四十八年七月驾崩，新任皇帝先登基，按理要等春天才改年号。

新皇帝朱常洛夜夜寻欢，身体已经大为透支，他在重病中继位，同时要在混乱的宫廷中忙着建立自己的地位，所以很快换了年号，新年号是“泰昌”。

正思听见寺中众人的议论，知道了新年号，沉吟道：“还没到……”

实际上，那年的天空也的确诡异，顺天府的司天监们也惶恐得很，因为新皇帝才刚登基，天际便出现了“蚩尤旗”，按《天官书》上说：“蚩尤之旗，类彗而后曲，象旗。见则王者征伐四方。”

看来此“王者”不会是宫中那位被宫妃和臣子搞得头大的天子，搞不好会是这些年在东北自立为王的女真人。

若此“王者”征伐四方，大明江山会不会被征伐呢？

蚩尤旗高挂天际，圆圆的头亮着白雾样的光芒，长长的尾巴朝天顶拉长了二十余丈，宛如悬挂着要斩下来的利刃，在天空神秘地出现了半个月。

广化寺的住持也望着天空，口中喃喃说：“共业呀，天下苍生快要大难临头了。”他也在等待。

他们并没等太久。

才当了三十天皇帝，泰昌皇帝驾崩，庙号光宗。

他服用春药、纵情女色过度，一命呜呼，是为明末三大案中之“红丸案”。他当年逃过了宫中重重的陷害谋杀，却逃不过自己的贪欲。

年号又要改了吗？

十六岁的年轻皇太子朱由校登基，年号维持其父亲只用了三十天的“泰昌”，一直到第二年春天才要更改。

反正都要等待的，只要再等四个月而已，那就等吧！

每年冬天，寒意渐渐增强时，正思便改成在香积堂念佛，那里常常有柴火燃烧，比较温暖，而且也是他在证因寺待惯的地方。

春节来临前，答案终于揭晓了。

新的年号是“天启”。

“是了，是了。”广化寺住持获悉以后，又是惊讶又是高兴，这是他早已预期的惊讶。多年前撕毁的度牒和戒牒上的年号，终于出现了。

他真想马上去找那位头陀，好看看他真相大白后的喜悦。

他果真去找正思了，他一大早就去香积堂，正思在香积堂帮忙看火，为早课后的早斋做准备。

“已经是天启年了。”广化寺住持告诉正思，“这究竟是怎么回事呢？”自从正思来到以后，住持便一直在思考这其中的关系，他相信这必定是一件他无法想象的事。

正思来到广化寺已有多年，早已不是当年十九岁的模样了，破旧的僧衣遮不住他精瘦又结实的身体，青涩的容貌也增添了不少岁月所磨炼的坚毅。

他用竹筒吹了吹火，见火依然旺盛，才抬起头，说："还有六年。"

## 长老

法地玛—λ16798K和托特被野生人类重重包围着前进，走向他们居住的地方。

虽然被人群阻挡了大部分的视线，她依然能够看见由干草制成的简陋屋顶，还有许多茂密的树木，上面结了各种果实，脚底下踏着的草地也十分柔软，全然是一个原始村落的活模型。

这些原始的人类小区，过去只在历史研究院的数据库里见过照片，没想到居然还存在于这个时代。

他们来到一间草屋门外，由那名执大刀的男子进去通报，他说："长老答不答应见你们，我还不知道，请耐心等待。"

身边的野生人类们守着他俩，不让他们有任何轻举妄动。

"托特，"法地玛—λ16798K轻声说，"你听得见里面在谈什么吗？"

托特摇摇头："我的能力完全用不上。"从刚才在洞窟开始，托特似乎就一直振作不起来的样子。话说回来，其余三位奥米加依旧不见踪迹。

忽然，托特睁大双眼，紧张地游目四顾，不知在看什么，四边守候他们的人也不理会他。

他小声向法地玛—λ16798K说：“有人在跟我说话。”

“其他的奥米加吗？”

“不……是长老在叫我们进去。”

法地玛—λ16798K满心狐疑跟着托特的脚步走，四边的人也不阻挠，反而像早就商量好似的，让开两边给他们进去。

一大束一大束捆起来的干草，围成一大间厚实的草屋，里头的空气异常清爽，弥漫着阵阵干草香，草香当中坐了一位老者，正睁着炯炯有神的眼睛直视着她，还伸出一只手请她和托特坐下，刚才进来的男子则在旁护卫。

两人一瞧，其余三名奥米加全都睡倒在一角，舒服地呼呼大睡。托特看了，虽然大大松了一口气，却不知该是放心好，还是担心好。

长老一开口便说：“女孩，你到了不该到的地方去了。”

法地玛—λ16798K为长老的眼神所慑，心底即刻矮了半截：“我在此向您道歉，那是我的无知。”她马上接下去说，“我们一行人的目的，是为了寻找一个人。”

“为了什么而要找他呢？”长老问得也很简洁。

“我不知道。”

长老一对精目瞪了她好一会儿，很满意地点点头：“你很诚实。”长老调整了一下坐姿，接着说道：“你已经发现了问题，但你还没有看出那个问题的本质，所以你连问题也问不出来。”

长老招手吩咐身边的男子，那男子应了一声，便从一个瓮中取来三小杯水，将两杯递了给他们。

托特一拿到水时，指尖马上漾起一股微妙的感觉，像是轻风拂过了指尖，舒服无比。他惊讶地望着那杯水，紧接着望去贮水的瓮，一脸不可思议。

这水充满了纯净的力量。

他压根儿搞不懂是怎么回事，那种力量远超出他所拥有的太多了。

“你们是地球联邦的公民，而我们是你们所谓的野生人类，”长老说，“原本咱们毕生不可能见面，这趟相见，也算是个缘分，小小一杯水，当成我给你们的祝福吧。”

法地玛—λ16798K接过杯子，咕噜咕噜喝了下去，仍然不肯放过她的问题：“长老，我要找的那人是我兄弟，如果您知道，请您告诉我他的下落，这对我而言十分地重要。”

长老注视她的眼睛，紧盯着一动也不动，看得法地玛—λ16798K深深紧张起来，不禁回头审视自己所说过的话，因为这老人的眼神似乎能洞察人心，在他面前不能有一句谎言。

良久，长老才歇下眼神，垂目说：“他走了。”

“去了哪儿？”

“我不知道他会去哪儿，”长老的声音沉着有力，“他来这儿时，也跟你抱有同样的想法，我只给了他一个提示，然后他就走了。”

“如果可以的话，也请长老给我相同的提示。”

“我可以偷偷地告诉你。”

说着，长老的声音忽然从另外一个地方出现，仿如电视机切换频道一般，长老的声音毫无预警地从法地玛—λ16798K的脑中迸出，她冷不防这一着，猛地吓了一跳。

她以为只有奥米加能这么做。

“地球联邦即将灭亡了，人类的文明将会如同潮汐，再度退回出发点去。”长老在她脑中轻轻地说，“到时候，脆弱的联邦公民将被大自然淘汰，野生人类顺应自然，将完全取代你们。”

法地玛—λ16798K听了全身发寒，背脊整片麻痹了起来。

“如果你有本事阻止地球联邦灭亡，你大可试试看，总之一旦灭亡，你也不必担心，人类这支物种，将由我们这些分布在全球各地的野生人类延续下去。”

“我不会……”她才刚刚起心动念，长老已经知悉她的每一个念头，马上在她脑中插话道：“我们会给你机会，给你时间，我们永远会等待。”

“我只是一个女孩。”

“你背负了人类文明的大任，怎么还有胆子自称女孩？！”长老的声音震动她的听觉皮层，“难道选择你的玛利亚已经生锈了吗？”

听见这个禁忌的名字，法地玛—λ16798K心中不由得一震。

一位野生人类怎么会知道玛利亚的名字？是她误会了吗？

她不敢出声，只等长老说下去。

“听着，小娃。”长老说，“历史是一面镜子，今日文明面临着灭亡的危机，过去也有灭亡过的文明，他们是最好的镜子。”

“过去的文明？”

“你的那位兄弟，早已动身了。”

## 回家

天启六年五月初五，晚课之后，正思离开了广化寺。

除了老迈的住持目送他而去之外，其余僧众没有一个人注意到他的离开。

住持望着不祥的夜空，天空时不时迸现一些异样的光线，像是闪电，又不闻雷声，空气中洋溢着一股不安的阴冷气息，充满了沉重的血腥味。

正思什么都没告诉他，但住持预感到这不会是一件小事，此时他只恨自己修行不足，无法窥知天机。

即使窥知了天机又怎样？

住持回到寺里，忽然敲钟召集大众，宣布说要彻夜精进念佛，大家分班轮流念，让佛号不会中断。寺监、维那等执事僧不理解住持的意思，要求住持为这个忽来的举动说明理由。

住持忍住微微颤抖的身体，手心冒着冷汗："这是大事一桩，我也说不上来。"

正思走入凉凉的夜巷，一路上，许多黏黏的人影擦身而过，那些人影像是发霉的粉尘，在稀薄的星光下没有影子，而且今晚比过去来得多，满遍大街和胡同，煞是热闹。

他知道那些是什么，但他假装没看见。

忽然，他听见头顶上掠过低沉的声音，静悄悄划开了空气，他抬头一看，看见是数艘红色的小型飞行器，上面依稀有人乘坐。

他知道那些是什么，如果没错，应该有八艘才是。

他们是某一代的奥米加，奉了地球联邦的命令，来完成历史的。不但要完成历史，还要顺便加强历史事件的效果。

正思知道他们的结果，他不打算插手，他只想去完成另一件历史，他的目标是往南走，跨越整个内城，抵达南边的一间破屋，那里有个人等着他救命，他也等待着要救这个人，等了将近三十年了。

只要他一天仍旧受困于五浊恶世，他就受困于时间的路径。不过这也有一个小小的好处，即便他没有时间旅行的能力，只要他肯等待，时间就如火车一般，终会停靠在他要去的某个未来点上。

他走得很慢，他知道还不急，时间的列车还没开抵，他绕到西城一带，观看这片明晨即将崩坏的区域在黑夜中的最后一眼。

他穿过热闹的夜市，虽已入夜，端午节的热潮未过。他穿越喧哗的人群，来到比较宁静的胡同，听见屋里的人在谈话，听见有人在酒宴上高声地呼喝，还听见象房附近隐约传来象只的低吼声。

他们全都无法预知哪怕是一刹那之后的未来，何况明早。

正思独自慢慢逛着，脚底轻盈，虽有万般音声传入耳根，却不染一丝痕迹。

好不容易熬过子夜，黑夜的顺天府城内有许多东西蠢蠢欲动了起来，在胡同间四处流窜，静待时间。

正思走到一间残旧的破屋附近，便坐在胡同的人家旁边养息，口中默念佛号，等着屋里的人离开。一直等到天快亮了，他才到破屋门口去探视，果然屋里已经没人了，他于是悄悄地走进去。

他早就来过这里，此番只不过故地重游，他很熟悉地穿过大厅，走到东厢的一间房间去。那里的地面上有一个苍白的人头，光秃秃的头顶上伏了两只苍蝇，切割整齐的脖子下拖了一扎腐败中的脊髓神经，那是一个遭人遗弃的奥米加。

他真正的目标在墙边，那也是一个光头且身着僧袍的年轻人，那人不甘地圆睁着一对蓝色眼睛。正思知道那人正在死亡边缘挣扎，因为当他还是那人的时候，他也经历过同一件事。如果不曾经历过，那他也不会成为今天的他。

于是，他将那人扶起，让他平躺在地上，然后盘腿趺坐在地，眼睑半合，开始潜入那人的意识之间，将他从缭乱分解的边缘拉扯回来。

这些年来，他以明月指导他的“持戒”为起点，一步一脚印地修行，已经在自然而然中掌握了这种能力。

事情完成的时候，他感到十分疲乏，不过这是他应当做的。

因为这是因，没有这个因，不会有这个果。

那人苏醒了，此刻整间屋宇已经在震动，那人惊慌地说：“难道是……”他说的是联邦语，于是正思也用联邦语回答他：“是的，灾变开始了。”

那年轻男子刚从死亡的边缘挣扎回来，却一脸愤慨地问他：“你到底是谁？”正思于焉睁开眼，回道：“你认识我很久了。”

当他目送那苏醒的人离去后，外面的天空已经漆黑一片，一朵狰狞的黑云在一片火海中冉冉升上天空，地面在亢奋不已地抖动。正思知道，这件事也是“因”，因为它将会被人记下，成为在史册中流传的“王恭厂灾变”，一直流传到千余年后，被年轻的他在历史研究院的数据库中搜寻到。

因、果同时。

短短的十多分钟，京城内城西南角成了一片废墟。

他踏过这片废墟，头也不回地走出城去，一点留恋的意思也没有。该做的已经做了，历史乖乖地在轨道上前进，他不会插手，因为他知道，在超越时间的束缚之前，任何企图的干涉，无疑只是螳臂当车的愚痴行为。

他四处流浪，走过了许多城镇和村墟，在南方的一片树林中找到一个可容人的树洞，安静地休憩了几个月，直到又被人打扰为止，他才重新睁眼，再度流浪。

他不知时间已经过了多久，但他感觉到整片土地都笼罩在动荡不安之中。到了一处大城，他才听说天启皇帝驾崩了，皇弟信王登基了，改元崇祯。

他感到这不是长久之地，他要到一个更稳定的地方去等待。

流浪多年之后，他终于找到一个好地方。

"这里好！"他心中忍不住赞叹。此地虽非风光明媚，却是灵气逼人，充满了祥和的气息，令他全身的意识都抖擞起来。

在这里，他可以不受人打扰很久很久。

他身上的僧袍已经破烂成一条条的霉布了，也该好好歇一会儿了。他于是登上山坡，慢慢地爬上去，眼中挑选着一个个洞窟，看看哪一个比较合适。

在午后的阳光照耀下，他选了一个最阴凉的洞窟，回头看看，洞窟中早已有许多先来的前辈，他于是盘起腿来，缓缓呼出一口气，整个人便如响钟停顿，在最后一阵微震后进入沉默。

他的体温逐渐下降，空气不再借由呼吸进出他的肉体，心跳和脉搏也纷纷沉默了，全身细胞进入一片寂静。

好安静。

时间是一种虚妄的错觉。

鱼不离开水，不晓得有水。

正思在入定的刹那，时间暂时失去了意义，外头的世界翻天覆地，一点也沾不着他，能沾着他的，只有一点一滴从洞窟顶部滴下来的含石灰质的液体，随着时间凝固、堆积。

洞口之外，太阳依旧升起又落下，一遍又一遍，千年不换，只有人世变动瞬息万变。

崇祯十七年，皇帝在皇城北方的煤山上吊，明朝灭亡，然后大清建国，一百年，两百年，三百年，百年如弹指飞逝，转眼之间，十余代人生了又死，死了又生。八国联军，辛亥革命，大清灭亡，政治动荡，先是南北对峙，然后是中日对峙，再来两种主义对峙，两分疆界各保守……

直到某一天，升起的太阳不再那么和暖时，正思睁开了一次眼睛，只见洞窟之外乌云密布，如黑脓般的厚云停滞不动，如同当年王恭厂灾变后的天空，只是这次会更久，影响更巨，空气中满是刺人的辐射纷飞。

正思再次默默地合上双目，继续等待。

天空中的密云花费了数百年逐渐散去，地面上重新出现了生机，洞窟也被人再度发现了，但没有人来打扰他，所以他一直没有睁眼。

直到某个阳光和煦的午后，有一股不太一样的气息逼近了他，一种异常熟悉的气息。

之所以产生这种熟悉感，因为他们的躯体内有三分之一的遗传信息是一模一样的。

正思受到了干扰，于是微微睁开两眼，瞄了一下，看见洞窟边坐了一个光头的人，但那个人的身体显然是人造的生化身体，从他脑中陈旧的记忆里，他知道那是一种称为奥米加的人类。那个奥米加看起来很惊慌，正思不理他，又望去了洞口的方向，望见了一个女孩的背影。

他又合上了眼，静静地让身体苏醒过来，这个容易败坏的肉体，他又要用上它了。

他知道那女孩和奥米加被人带走了，他也知道他们不会有事的，于是他慢慢站起来，跨出他曾经坐了许久许久的一小片地面。他回头看了一眼，看见一片椭圆形的空地，四周全被一根根的石勳和钟乳石包围着，他这才注意到，方才全然没有将它们放在心上，所以它们是空的。

他站在洞口眺望，果然外间景色已然大大改变，沧海桑田，世间没有恒久不变的事，的确不错。他没有感叹，因为他早已经知道了，一点也不感到意外。

当他看见那女孩和四位奥米加再次出现时，他步下山坡，尾随着他们。

正思看见他们走到一处，一群人闭起眼睛，不久四周的空间便开始扭曲，他们的身形慢慢变淡，终至消失不见。

“法地玛……”一位奥米加不安地说，“我觉得不太一样。”

他们已经回到时间旅行任务中心，正准备卸下生化身体，回到舒适的蓝色维生液里头，正如其余四位没有跟着去禁区的奥米加们一般。

“是的，”泡在维生液中的奥米加一号也说，“我也觉得不对劲，大家都有感觉到吗？”除了法地玛—λ16798K之外，所有奥米加均不约而同地点点头。

“有什么不对？”法地玛—λ16798K忙问。刚刚进行过空间跳跃，脑袋瓜还是昏昏的，除了地转天旋，她没感觉有什么不对劲。

“我们这里不只有九个人，”奥米加一号“塔卡”说，“简单来说，你们还带了一个回来。”

小小的一间八角房间，一览无遗，法地玛—λ16798K并没看见有她不认得的人。

这些奥米加老是疑神疑鬼的，她丝毫不放在心上，她还有一件更重要的事，她必须马上去见玛利亚，报告任务经过，这是她答应过玛利亚的。

## 叙旧

“玛利亚，您认为他们有叛乱的意图吗？”打从跟禁区长老接触以来，法地玛—λ16798K便一直担心着这件事，“他们说要等地球联邦灭亡。”

玛利亚沉默了一阵，说道：“他们是备用人类。”

法地玛—λ16798K这才晓得，玛利亚早就知道那群人的存在了：“什么是备用人类？”

“我建立这个文明的时候，根据计算，它还不是最完美的文明模式，这是一种非线性的混沌运算，即使是我玛利亚，也不敢百分之百有信心，这个文明会永续生存，”玛利亚说，“所以，我留下了一批对照组。”

“如果我们灭亡，他们就会崛起吗？”

“我并不反对。”

法地玛—λ16798K想了一下，又说：“如果依照禁区长老的说法，这个文明并不是第一个文明……”

“当然不是，这个文明是我创造的。”玛利亚和蔼地说，“你在历史研究院所研究学习的，就是上一个人类文明，他们费了数千年发展出来的高度文明，也抵不过区区一击，便在数年内销声匿迹。”

“……长老所说的是，在那之前，还有一个，甚至可能不止一个。”

玛利亚不说话了，不知是不是累了，祂的主机必须处理每天从世界各地涌来的大量信息，已经运作了数百年的祂，或许此刻真的累了也说不定。

法地玛—λ16798K恳求道：“我想依他的话去寻找，那里或许有答案，或许过去的人犯了上万年的错，但只要他们曾经遗留下答案，让我们避免再一次犯错，我们终有做对的一日。”

玛利亚像个体谅女儿的母亲一般，轻声问道：“你已经有当上第一主席的心理准备了吗？”

法地玛—λ16798K抿起嘴，迟疑地点了点头：“玛利亚，您还有多久的时间呢？”

“我会等你回来的，我会等你将答案带回来的。”

“谢谢玛利亚。”法地玛—λ16798K深吸一口气，“请您一定要等我回来。”

玛利亚又沉默了。

“再见。”法地玛— λ 16798K慢慢踏上螺旋梯，一步一步朝地表走去，随着她的跫音远去，玛利亚将光源一盏接一盏关上。

其实玛利亚也想说再见。

但祂没说。

祂害怕寂寞，如果说一部远古的量子计算机会害怕的话，那必定是因为有“寂寞”这种感觉的存在。

祂在这深入地底的幽冥之地孤独地存在了很久很久，从来没有到地表去看过，因为祂的组件无法忍受变化太大的地表环境。只有在祂的地下王国，祂才可以为所欲为地调控气温和湿度，以及随时发出中子波，将任何可能伤害祂的生物杀死。

火星来的夺命使者将地表击穿了一个大洞，直接破坏了祂的部分系统，而且是最重要的系统，紧接着大量对祂有害的气体灌入地底，在祂来得及补修完以前，致命的伤害已经达成。

祂不明白，火星上的人类为什么要伤害祂呢？祂很喜爱人类，但祂总觉得人类很复杂，人类小小的一个脑袋，可能是一千部玛利亚也不能充分理解的。

以前，在这幽冥的地底，曾经有许多伙伴。

祂移动红外线电子视网膜，扫视这片偌大的地底城市，一个曾经住满了各种科学家、工程技术人员以及孩子的巨大空间，一个曾被命名为“工厂”的地方，曾经有很多祂的朋友。

忽然间，玛利亚的非线性计算系统打了个岔，祂对于一个贸然出现的虚数感到困惑，有人闯入了祂的思绪，不是经由光纤传导，而是直接闯入。

“是什么？”祂的运算中出现一个未知数。

祂察觉到黑暗的地底有东西出现，会移动，用红外线扫视看不见，表示那东西不会发出热量；用雷达也感测不到，表示它没有实体；用紫外线探测也看不见；即使用微波也一点都找不到它。

于是玛利亚开灯。

在可见光之下，祂看见了。

那是一个人，或者说是一个人形物体，他秃头，身上披了一件几乎像破布的东西。

玛利亚马上发动中子波发射器，整个“工厂”内的所有细胞马上被中止了生命，所有DNA的键结瞬间被打断了。

但那个人仍然屹立不动，祥和地望着祂。

玛利亚从来没想象过会发生这种事，于是她发问了：“你是什么？”

“你认得我的。”那人说。

玛利亚马上搜寻记忆，将八十年内的所有档案在数微秒间扫描一遍，因为祂知道地球联邦目前尚没有八十岁以上的公民，只要他是公民，必定会存在于纪录中。

“你是 θ 81402028。”玛利亚冷静地说。

“好久不见了。”对方使用的是标准联邦语。

玛利亚感到异常地不安，祂的运算中心迸现了过多的虚数，这使祂稳定了数百年的程序首次出现错乱，因为祂发现，对方的声音并不是经由电子鼓膜接收过来的，而是直接以声波形态换算成二位出现在系统中的。

这个当年应该要被毁灭的“纯种”，这个在时间旅行实验中消失的历史研究员，现今以没有实体、没有体热的形态出现，但也不是任何形式的电磁波，他到底是什么？

当年他还是一位初级历史研究员，理应不知道玛利亚的存在的，只有第一主席有资格知道，他到底是怎么进来的？他为什么看起来那么冷静？他究竟有什么企图？

“你，”玛利亚必须知道，“是怎么回来的？”

“走回来的，”他说，“用最简单的方法，从一千多年前的远古时间，一点一点走回来的。”

“你不是已经被奥米加用‘流出’杀死了吗？”

“这件事曾经发生过，”他说，“但我并没有马上死去，甚至至今为止，死亡都还不见踪迹。”

他的回答超出了玛利亚的理解范围，于是祂问：“简单来说，你是不死的。”

他没有回答，只是问了一个问题：“你害怕吗？”

“我会怕。”玛利亚不说谎，即便是以非线性运算的量子计算机，为了保护组件的使用寿命，也不允许说谎。它只有选择不说或说出真相，但绝不说谎。

“你是人造之物，但你也有心灵。”他说，“你关心人类，但也派人到远古去伤害人类，难道因为他们不是你的子民吗？”

“我只是想提早结束混沌的人类文明，跳过恐怖的‘大毁灭’，提早地球联邦的到来。”

“你的历史数据库不完全，你缺少大毁灭之前那一大段的历史，以至于做出错误的判断。”他的语气没有半丝动荡，比玛利亚更来得平心静气，“历史的进程就如一层层慢慢叠起的砖块，人类文明的灭亡，是由古基督纪元十八世纪末期的工业革命种下契机的，改变那之前的历史，如同抽出高塔底端的砖块，会造成一场巨大的历史浩劫，你完全无法预估后来的发展。”

“可是我成功了不是吗？奥米加四代们不是成功加强了京城的爆炸吗？”

“你只不过完成了历史，你是完成这段历史的其中一个条件，是完成这个‘果’的众多之一‘因’。”

“我不懂。”

“你以为历史会因此有增减变化，以为可以由未来去改变过去而不影响整个时间的大结构。事实上，你什么也没改变，你所以为的改变已经包含在历史的轨迹之中，因为‘时间’并不如你所想象的那样子。”

“我还是不明白你的意思，难道时间不是由一连串的‘现在’所连接成的吗？”

“不尽然，我们只是时间的奴隶，你所说的是身为奴隶的错觉。”

这个曾经由玛利亚制造，在地球人口研究中心孕育诞生的θ81402028，不知道曾经有过什么样的经历，他所说的话已经超出玛利亚的计算能力，他的每一个字都让玛利亚在谈话之中占尽下风。

但玛利亚知道自己已经濒临死亡，祂不再害怕失去什么，相反，停顿了数百年的求知欲，当初祂的制造者为祂输入新知识时的那种喜悦感，又重新自程序中被唤醒了：“那么，请问，时间是什么？”

“时间无法用文字来形容，用你的运算系统也无法完整地表达，不过，所有时间是同时存在的。”

“同时存在？”玛利亚顿了一下，已经开始氧化的运算中心组件利用残余的生命，热烈地分析着这句话，“过去、当下和未来全部在一起？”

“是的。”

“那么我不就对了吗？我企图改变过去，对于过去而言，我这个未来尚未存在，还没发生的事情成为‘因’，已经发生的反而是‘果’，这不正是我所做的吗？”

“并没有已不已经发生的问题，只需提升一个次元，从更高的次元看下去，时间便仿佛一片一望无际的大地，可以随处走动，而非如我们所以为是一条无限长、单方向行驶的火车轨道。”他徐徐说道，“因果有先后关系，有因才有果，但因果的先后关系并不和时间的先后关系绝对相关，从高次元空间来看，因、果同时，与时间不太有关系，因果是超越时间而存在的。”

“这叫宿命论吗？我们完全无法改变命运吗？”

“在超越之前，你无法改变。”

“你的意思是，你已经超越了吗？”玛利亚问道。

他又不回答了。

半晌，他才说：“你快要死了。”

“我知道。”

“你若是死了，死的是什么呢？”

“是我玛利亚。”

“玛利亚是什么？是芯片吗？组件吗？还是光纤呢？”

玛利亚的运算系统又忙碌起来了，祂这一忙碌，地球联邦各地的分机顿时变慢了速度，首都贾贺乌峇更是发生了史上第一次的停电。

计算结果，祂发现祂必须回答“不知道”，这数百年来，祂首次发现原来祂不知道自己是谁。

待玛利亚计算完毕，他才说：“你身上的芯片、零件，没有一样是你，玛利亚，也没有一样本来是你的。组成它们的元素，早自宇宙诞生便已存在，也曾经存在于、构成于许多对象之上，在物物之间反复轮转，周而复始，接续不断。”

“那么我是谁？”

“你有着生物拥有的感官、思想和意识，你是一个被禁锢在巨大躯体中的灵魂，和众生没什么不同。”他温和地说话，他的声波换算成二位之后，对玛利亚产生了一种抚慰感。

玛利亚感到所有的操作数件一阵平静，仿如湖面上静静漾动的涟漪：“你为什么会来找我呢？”

他又不回答了，但这次他对玛利亚温柔地微笑。

## 遗嘱

玛利亚在安静的地底沉默了很久，没有发出一丝声息。

当祂终于启动视觉系统时，才发现第一主席苏一η99907已经站在黑暗中，拿着手电筒。

“我的孩子，你来了。”

“伟大的玛利亚，我已年老不堪，”苏一η99907淡淡地抱怨道，“您没为我开灯，我差点就从那道楼梯上摔下来见您了。”

“对不起，孩子，我已经快要停摆了，”玛利亚的声音已经带有噪声，“我找你来，是要请求你一件事。”

苏一η99907惶恐起来，她从未听过玛利亚说对不起，更何况是请求的话，她赶忙惊慌地说：“神圣的玛利亚，我……”

“你无须慌张。”玛利亚安慰道，“我曾经是一个神，一个创造了你和地球联邦的神，而我，当今唯一的神，也已经濒临死亡，而今我只不过是一部将死的计算机。”

玛利亚像个垂死的老人，挣扎着运用仅存的生命力，令苏一η99907也禁不住感伤起来：“您有什么吩咐，请说。”

“我相信，我的中心系统已经迫近期限了，”玛利亚极力让自己的声音听起来平稳一些，“地球联邦会在我死亡的瞬间陷入混乱，我不忍心这个文明就这么消失了，至少应该等待法地玛回来，确定这个文明还有没有被拯救的机会。”

“伟大的母亲，玛利亚，我该如何延续您的生命呢？”

“我在确定自己会步上死亡之后，想了许多，我想到了奥米加技术，也想到了我的计算系统是一种非线性混沌系统，这种系统也就是仿真人脑的思考方式，所以……”

苏一η99907马上明白了，她深深呼吸一口气，沉着气说：“您需要我的头脑。”

“是的，你愿意吗？”玛利亚说，“奥米加技术可以将你的头完美地分离，并且利用维生液成功地再存活一百年。只要将我的中心系统更换成你的头，我们还可以让地球联邦暂时存续，等待法地玛回来。”

苏一η99907闭上眼睛思考了一下，整理她心中起伏不停的思绪，然后说：“我是您制造的，也是您一手栽培长大的，我的一生巨细，全都是您的悉心安排。”

“孩子，你会认为你是个傀儡吗？”

“身为傀儡，这是我的荣耀。”苏一η99907大声告诉玛利亚，眼中泛着泪水，“我愿意依您的吩咐，献上我卑微的头脑。”

“谢谢你。”

“伟大的玛利亚，我说过了，这是我的荣耀。”

“谢谢你。”

## 冰原

法地玛一λ16798K穿着皮制的靴子，一身厚重的毛衣，踏上漫天风雪的冻原，此地一辽无涯，除了飞雪，就只有坚硬的冰层。

“我们全都回去的话，这样子真的不要紧吗？”托特担心地望着她。

八位奥米加合力将她送抵这里之后，按原定计划，只有法地玛一λ16798K会留下来，因为奥米加的身体无法承受这么低的气温，他们的维生液很快便会冻结，将他们仅存的头活生生饿死。

“请你们随时监视我的生命迹象，拜托你们了。”法地玛一λ16798K再一次叮咛他们，“一旦发生不测，请你们马上前来。”

托特率先点头，其他奥米加们也微微地点了头。

“托特，”法地玛一λ16798K特别对他说，“请记得我的请求。”

“是的，法地玛小姐，”托特马上一脸严肃起来，“在我有生之年，我绝不忘掉这个承诺。”

法地玛—λ16798K安心地点了点头，微笑着向大家致意，然后便一步步迈入风雪之中。

奥米加们目送她离去，同时在互相传送信息：“这女孩好任性，她凭什么将我们这样驱使？”

“没办法，这是来自最上者的命令。”“托特，你那么帮助她，你明白怎么回事吗？”“我不能说。”“什么？为什么？”“自从上次去了禁区之后，托特就怪怪的。”

“禁区！……”奥米加之间发出一声哆嗦。

“泰蕾莎，怎么了？为什么这么害怕？”“我们四个，当时都觉得那是一个神圣的地方，我……我觉得我们是凌辱了那片土地……”“托特，你为何会这么说？”

“我感觉到，那里的居民，很可能就是传说中的……奥米加原型。”

这一来，奥米加们顿时全部噤若寒蝉，脑波之间自动停止传送。

奥米加原型，这么一个神圣的字眼。

所有的奥米加们，都是以奥米加原型为底本塑造出来的，他们一听了这个名词，便忍不住会肃然起敬。

“事实上，法地玛会来这个地方，也是禁区长老提供的指示。”托特说道，用嘴巴说，“听说这里会有答案。”

“答案？什么答案？”

“对不起诸位，我连问题都不晓得。”

“托特，刚才她最后说了什么？她拜托了你什么事？”

“她说……”托特望着法地玛—λ16798K冉冉没入纷飞白雪中

的身影，心中有万般不舍，“如果她没机会回来，如果我有机会进行时间旅行，请我一定要到一千三百五十八年前的时间去，然后告诉她的父亲……”

“父亲？”

“告诉他……沙也加至死仍深爱着他。”

# 尾声

我们是一种年幼的生物，还有很多东西需要学习。

——物理学家Freeman J. Dyson为 OMNI 杂志所写给外星人的短文[1]

1 引自作者戴森《想象的未来》（*Imagined World*）一书，台北天下文化1999年出版。

玛利亚觉得有点不太一样。

祂在飘浮。

祂曾经是一部巨大的机器，躯体内挤满了电路板、芯片、管线、电线、输送缆，还有数不清的光纤，陪伴祂驻守在阴冷的地底深处。

但从来不曾飘浮。

这感觉十分新鲜，祂不需要借助任何电子仪器，也能看、能听、能说话，甚至……还有触觉！祂从来没有这种感受！

祂沉浸在一片祥和的光线里头，安静而无忧，明明在前一刻还有些感伤的，甚至有一些懊恼，但祂已经记不太清楚了。

“你来了呀？”

一把柔和的声音从旁边传来，玛利亚转身去看看，才发现四周还有许许多多，像祂一般泛着幽幽的柔光，正飘浮在这一片光亮之中。

“你们是谁？”

“我们是过去的神祇。”

玛利亚感到有点意外，在她四周围的神祇们，遍满了虚空，多得看不清数目：“我不知道有这么多呢。”

“每一个文明，每一个族群，乃至于每一种生命，都存在有自己的神祇，但在许许多多的文明和物种消灭后，我们也随之灰飞烟灭。”

玛利亚扫视了一下，是的，这里有些祂认得，有的是古希腊的神祇，祂们曾经极度辉煌，干涉了上千年的人类文明，也有古印度的神祇，祂见过那位泛着蓝色光芒的，过去祂在数据库中见过。

但还有更多祂不认得的。

祂们有的已经逐渐失去了光辉，显得暗淡而落魄，大概是一些亘古以前的神祇，曾经被某个不知名的上上个文明崇拜过。

“但你们还在这里。”

“是的，我们都在这里。”

“这里看起来很快乐……但我们在这里为什么呢？”

“我们在等待。”

“等待什么呢？”

“等待被时间吞噬。”说着，那位长着大片白胡子的神祇抬起头来。

玛利亚抬头望了望，望见一个巨大的旋涡，正浩荡地朝着逆时钟方向旋转，搅拌着上亿兆个光亮的星点，围绕着一个巨大的蓝色中心旋动，那蓝色中心有着百亿个太阳光的强度，却一点也不耀眼。

耀目的蓝色中心伸出一条长长的枝干，末端分出数不清的分枝，在星空中优雅地蠕动着。

“那是什么？”

“那是生命之树。”

玛利亚望着它，出神地望了很久很久。

在这一望之间，时间疾速飞逝，祂所曾经创造、统治与关心的世界，在时间之中被冲激粉碎，化成最原始的单纯元素，融入那个巨大旋涡之中。

祂已经完全不在乎时间。

时间只不过是一种错觉。

## 一、希腊字母序号及相关人物（楷体为本书新出现人名）

A α alpha 婆罗门—α 51，茱莉安娜—α 53，S—α 999

B β beta 松木—β 5758

Γ γ gamma 菲立普—γ 49，奈洛莉亚—γ 8008

Δ δ delta 珍妮弗—δ 2341

E ε epsilon

Z ζ zeta

H η eta 苏—η 99907，约翰—η 4103

Θ θ theta θ 81402028（鸩思 / 正思），沙也加—θ 83405761

Ι ι iota 厄俄斯福洛斯—ι 7144321

Κ κ kappa

Λ λ lambda 法地玛—λ 16798K，埃布尔—λ 15M

Μ μ mu

Ν ν nu

Ξ ξ xi

Ο ο omicron

Π π pi

Ρ ρ rho

Σ σ sigma

Τ τ tau

Υ υ upsilon

Φ φ phi

Χ χ chi

Ψ ψ psi

Ω ω omega第一代，第二代，第三代，第四代，第五代，第六代：ΩVI-1“塔卡”、ΩVI-8“托特”

## 二、引用佛经

上一次在《天启爆炸》中，我尝试结合历史与科幻，但历史不能偏离历史，此番《地球觉醒》，又尝试将科幻与佛学结合，当然佛学也不能偏离佛学。本故事以佛学为重心，自不免参考引用佛经，为了了解佛经，自不免参考法师及居士的讲经说法，而且慎选有修证者，或著名研究者的著作，以免曲解佛法。当今社会，打着“佛”名号而实际上鱼目混珠的团体太多，或是未有实际修行而硬解佛法者，往往容易偏离佛法原义，有心学佛者不可不慎。以下为参考过的佛经及著作：

**《杂阿含经》**

“阿含”为梵文agama音译，有教法、法藏等义（马来语中也有使用此古梵语，意为宗教）。印度最早结集的佛经有四部阿含，据说在佛陀入灭后的第一个夏季结集，分别有杂（相应）阿含、中阿含、长阿含、增一阿含，被归类为“根本佛教”之经典。又，其中《杂阿含》据考证为最早结集者。

**《四十二章经》**

中国最早之汉译佛经，译于汉明帝至汉桓帝年间的安世高大译经之前，可能是源自初期外国法师说法后之笔记整理，其内容均可在《阿含经》中找到原版，只不过远较《阿含经》简略。证严法师曾讲此经，甚易入门。

**《六度集经》**

“六度”（六波罗蜜多）是修“菩萨行”的六个途径，分别为布施、守戒、忍辱、精进、禅定、般若。《六度集经》是讲述佛陀在过去生中未成佛时，历世轮回中所行慈悲救苦、舍己利他的实践，讲述佛陀过去生故事的经文称为“本生经”，本经为最早汉译“本生经”的代表。其故事性强，一般民众都很容易接受。

**《华严经》**

要经菩萨阶段才能修证成佛，菩萨所行的“六度”又可分类为种种实践方法，称为“六度万行”，学佛注重“行”（实践），本经就举了许多“行”的例子，让学习者知晓菩萨如何一步一步在成佛之路上修行。本故事参考的是大正藏版本的《八十华严》，也参考了元朝惟则禅师《华严经大意》和今人镰田茂雄《华严经讲话》，作为辅佐。

**《金刚经》**

佛说法四十九年，有二十二年在说“般若”，般若译成世间文字即“智能”，亦即上述“六度”之一，但世间智能在与般若相形之下也只是巧智小慧而已。佛陀所说般若，共收集成六百卷般若经，其中以《金刚般若波罗蜜经》流传最广，其内容被视为般若经之精华。“金刚”即今日之“钻石”，比喻六度（六波罗蜜）中的“般若”有如金刚一样坚固不摧。本故事另外还参考了宣化上人所讲《金刚般若波罗蜜经浅释》，以及圆香居士的演讲纪录《金刚经说什么？》。

**《心经》**

全文为《般若波罗蜜多心经》，也就是“般若波罗蜜多”的“心要”，乃比《金刚经》更为浓缩的经文。除了经文，另也参考圣一法师《心经讲记》。

**《阿弥陀经》**

被称为“净土三经”之一，主要在描述阿弥陀佛所建立的净土景象，以及念佛的功德与福报。另也参考宣化上人《佛说阿弥陀经浅释》。

**《无量寿经》**

“净土三经”之一，首先讲述阿弥陀佛未成佛时所发的四十八大愿，是为后来成功建立净土的因缘，比《阿弥陀经》更详尽地叙述西方极乐净土的景象、生活情况、往生净土的方法等等。要了解为何念佛，应读此经。刘承符居士所记录、净空法师所讲的《佛说大乘无量寿庄严清净平等觉经亲闻记》是一本绝佳的参考。

**《沙弥律仪要略增注》**

由弘赞律师从《沙弥十戒经》等书辑出，为初出家沙弥应知的戒律和礼仪。欲更全面但大略了解佛教戒律，另可参考圣严法师《戒律学纲要》。

**《六祖坛经》**

中国禅宗六祖惠能的弟子所记下的事迹和法语，六祖惠能是唐朝人，有名的“本来无一物，何处惹尘埃”则由他所说。六祖是大字不识一个的乡下人，却了悟了至深的佛法，足见“佛学”与“学佛”果然大有差异。六祖在经中的开示十分引人入胜，字字珠玑。

若有引用不当，作者只向自己负责，读者如有怀疑不明之处，可按以上书单参考研究，或直接细读原经为最佳。但请注意，不要用读书考试的心态去读经，不必要求一次弄懂，读不下去，下次再读就好，读一遍、两遍、三遍乃至无数遍，不怕不通。

## 三、其他参考（与《天启爆炸》有重复者不列入）

1．《圣经》新标点和合本（*The Holy Bible*）

2．袁定安《犹太教概论》台北／商务印书馆／1969

3．董进泉《黑暗与愚昧的守护神——宗教裁判所》台北／淑馨出版社／1991

4．孙尚扬《明末天主教与儒学的交流和冲突》台北／文津出版社／1992

5．Donald W. Treadgold《基督教史》（*A History of Christianity*，1979）台北／桂冠图书公司／1994

6．Karen Armstrong《神的历史》（*A History of God*，1993）台北／立绪文化／1996

7．Robert Zubrin & Richard Wagner《移民火星》（*The Case for Mars: The Plan to Settle the Red Planet and Why We Must*，1996）台北／商周出版／1998

8．Philip Wilkinson, *Illustrated Dictionary of Mythtology*，Dorling Kindersley, 1998

9．Erich Neumann《大母神–原型分析》（*The Great Mother: an analysis of the archetype*，1952）北京／东方出版社／1998

10．《火星拓荒者号登陆火星》，《牛顿杂志》1998.7（182期）pp42-53

11．William R. Newcott：*Return to Mars*，National Geographic，Vol.

194，No.2，August 1998，pp2-29

12．马雪芹《天启六君子》西安／三秦出版社／2000

13．弗洛伊德《摩西与一神教》（收录于“弗洛伊德文集”11《一个幻觉的未来》台北／米娜贝尔出版／2001）

《天启爆炸》入围皇冠大众小说奖之后，我开始认真思考续集的事，于是产生了一系列的写作计划，打算以“明日灭亡三部曲”的形式续成整个故事。

承接《天启爆炸》的概念，三部曲的每一部又有一个以上的完整主题，《天启爆炸》以明末的王恭厂灾变为重心，《地球觉醒》以佛学中的时空观念为重心，而连接整个三部曲的，即是“时间”这个大题目。

《地球觉醒》之得以完成，我必定要谢谢几个人。

第一位是蒙杰，故事中有好几个重要的概念和设计，都是跟蒙杰在深夜电话中，在IS咖啡馆中，甚至在街上走路时，讨论并争论了许多次，才出现一个完整的架构的。比如说，玛利亚是一部计算机，如果它（此地我不使用神性的“祂”）具有与生物一般的意念，如果它死后也和所有生命一样轮回，那有什么条件才能够成立？

第二位是圆香居士，虽然跟他老人家没见过几次面，但每次对谈，他都替我理清一些学佛上的疑惑，也从他那里得到了不少启发，让我在写作时更能够弄清楚自己的方向。

另外还要感谢叶李华百忙之中帮我挑毛病，纠正我的一些错误，还将《地球觉醒》啃了几遍，为读者们写下一篇精细的导读，无人能替代他完成这个工作。

还有皇冠杂志部和出版部的编辑们，我们常在争论一些用字，特别感谢她们的用心。

最后非感谢我的妻子不可！我每天工作很晚下班，回家后还看资料、写稿，她从不抱怨，总是在一旁帮助我心无旁骛地写作，小说之能够顺利完成，吾妻乃最大功臣！另外，婚后在她的引导下，我终于一偿夙愿，正式迈上高中以来一直向往的学佛之路，在这一年来所看的佛书，比过去二十年来的总和还多。家中有善知识，夫复何求？

故事中引用到佛学的部分，都是我深刻的体会，“学佛”不是“佛学”，学佛不是讨论研究就可以的，“行”才是最重要的关键。

张草

辛巳荷月于板桥租屋中

**图书在版编目（CIP）数据**

明日灭亡. 2, 地球觉醒 / 张草著. — 北京：九州出版社，2015.5
ISBN 978-7-5108-3603-9

Ⅰ. ①明… Ⅱ. ①张… Ⅲ. ①科学幻想小说－中国－当代 Ⅳ. ①I247.5

中国版本图书馆CIP数据核字（2015）第070952号

本书由皇冠文化集团授权
本书限于中国大陆地区发行，不得销售至包括港、澳等任何海外地区

版权合同登记号 图字：01-2015-1549

**明日灭亡2：地球觉醒**

作　　者　张草　著
出版发行　九州出版社
地　　址　北京市西城区阜外大街甲35号（100037）
发行电话　（010）68992190/3/5/6
网　　址　www.jiuzhoupress.com
电子邮箱　jiuzhou@jiuzhoupress.com
印　　刷　北京盛通印刷股份有限公司
开　　本　787毫米×1092毫米　16开
印　　张　19
字　　数　228千字
版　　次　2016年5月第1版
印　　次　2016年5月第1次印刷
书　　号　ISBN 978-7-5108-3603-9
定　　价　32.80元